Y Dios
en la última playa

Colección Autores Españoles
e Hispanoamericanos

Esta novela obtuvo el Premio Editorial
Planeta 1981, concedido por el siguiente
jurado: Ricardo Fernández de la Reguera, José
Manuel Lara, Antonio Prieto, Carlos Pujol
y José María Valverde.

Cristóbal Zaragoza

Y Dios
en la última playa

Premio Editorial Planeta
1981

Planeta

COLECCIÓN AUTORES ESPAÑOLES
E HISPANOAMERICANOS
Dirección: Rafael Borràs Betriu
Consejo de Redacción: María Teresa Arbó, Marcel Plans, Carlos
    Pujol y Xavier Vilaró

© Cristóbal Zaragoza, 1981
Editorial Planeta, S. A., Córcega, 273-277, Barcelona-8 (España)

Diseño colección y sobrecubierta de Hans Romberg (foto Salmer
    y realización de Jordi Royo)

Primera edición: noviembre de 1981
Segunda edición: noviembre de 1981
Tercera edición: diciembre de 1981
Cuarta edición: diciembre de 1981
Quinta edición: diciembre de 1981

Depósito legal: B. 41725-1981

ISBN 84-320-5547-6 encuadernación
ISBN 84-320-6453-X rústica

Printed in Spain - Impreso en España

Impreso y encuadernado por Printer industria gráfica sa
Provenza, 388, Barcelona-Sant Vicenç dels Horts, 1981

TENÍA EL DÍA EL CANTÁBRICO. Rompía en altas olas, que se rendían acodiciadas con la arena entre rodales de espuma burbujeante. Frescachón y racheado, el noroeste despeinaba los pensamientos. Los dispersaba.

Pronto sería la hora del baño y la playa se llenaría de gente deseosa de sol. Lo sabía el hombre de los prismáticos, que observaba los primeros niños vigilados de cerca por doradas mamás bajo los toldos listados de colores vivos. Lo sabía él, y el joven de cabello largo que se le acercó con paso decidido.

—¿Una foto, mi coronel?

¿A quién le recordaba la voz que oía a su espalda? El hombre de los prismáticos la asoció a su hijo mayor, dado a la chirigota. ¿O era la del yerno, que había anunciado su llegada de Madrid para aquel mismo día? Era lo que más le fastidiaba del viento. Que acentuaba la maldita sordera conquistada, entre otras cotas, en la ya lejana batalla del Ebro.

El hombre se volvió con los prismáticos en las manos. Su bigotito negro, trazado a tiralíneas, se arqueaba sonriente como imantado por la otra sonrisa, la de los ojos. Pero de repente sus fac-

ciones se endurecieron y su nuez saltó interrogan-
te desde la flaccidez del cuello.

—¿Qué quiere usted?

El bigotito negro recuperó su escueta horizon-
tal. Tembló el labio inferior, repentinamente
azul.

—Que Dios nos perdone, coronel —dijo el
joven.

Nadie oyó los tres disparos.

Como quien se dispone a tumbarse al sol, el
coronel se agachó lentamente y quedó recostado
sobre el pretil que separaba la explanada de la
zona arenosa.

Había muchas gaviotas en el aire cuando el
joven cruzó el amplio espacio enlosado en dirección a la Ducati roja que se veía en la calzada,
tú tranquilo, Josechu. Lentamente, sin nervios,
la descolgó del caballete. Luego montó y, tras el
enérgico patadón, salió despacio en dirección al
centro.

Fueron dos hermanos, de cinco y siete años,
quienes identificaron el cadáver de su abuelo en
el del señor de los prismáticos.

Aquella misma tarde informaba la radio del
suceso.

«Una gaviota puede ser el aviso. Recuerdo
que había muchas. Volaban muy bajas y lo es-
crutaban todo con sus ojos de vidrio girando la
cabeza, ladeándola hacia nosotros. Pero no pude

fijarme demasiado en aquélla. Había que hacer bien las cosas. Sobre todo acertar en el blanco. Dos balazos al corazón y el tercero en la cabeza cuando el enemigo cae abatido. No sufre y uno sabe que ha hecho bien las cosas.

»El enemigo... Ahora, después del tiempo pasado, sé que el enemigo no existe más que dentro de nosotros. Fue lo primero que comprendí mientras intentaba escapar de la gaviota. Era grande y maniobraba en el aire con sorprendente agilidad después de abandonar a sus atrafagadas compañeras de vuelo para seguirme a pocos metros de mi cabeza, en la moto. Digo mal, no me seguía. Me perseguía emitiendo extraños gritos de histeria.

»Debió de ser todo un espectáculo porque la gente que había en las terrazas nos miraba como quien presencia un número de circo. Hasta hubo una jovencita que se subió a una silla y empezó a aplaudir entusiasmada.

»Tuve que acelerar al máximo para librarme de mi perseguidora. ¿Puede creer alguien esto que digo? Éstos no lo han creído. Ni siquiera Mikel. El Mostachos ha escupido entre mis botas cuando se lo he dicho, pensando que quería tomarle el pelo. Lo he dejado estar. Ahora se figuran que soy un traidor o que me he vuelto loco.

»Ella escoró hasta perderse mar adentro en solitario. La gaviota.»

Mikel le oyó entrar en la habitación.

—Un huevo me vais a costar tú y tu Begoñita —dijo sin levantar la cabeza de las tripas del estéreo.

Y añadió riendo:

—En gasolina, claro.

Entre las dos camas de cuerpo —revuelta la de Josechu, con un hermosísimo culo de mujer asomando bajo la almohada, espejeante culo de portada de *Play-boy*—, la ventana rectangular enmarcaba un prado muy verde con idílicas vaquitas pastando sueños. De no haber sido por la cinta plomiza de la carretera, por la que circulaban algunos vehículos bajo el sol de agosto, se habría dicho que la ventana era un cuadro tópico.

Mikel preguntó:

—¿Habéis ido a la playa?

—Yo sí.

—¿Sin Begoña?

—No habrá más Begoña.

Le sonó rara la voz de su hermano menor. Algo pastosa.

—Ya será menos —repuso Mikel. Y se volvió sonriente limpiándose los dedos con una hilada de estopa. Pero la sonrisa se le pudrió en los labios al ver la cara de Josechu. Terrosa. Desencajada. Con los pómulos hundidos y la mirada extraviada.

—Pero qué te pasa.

Josechu murmuró:

—Toma. Esto es tuyo.

Sujetaba en la mano derecha una Parabellum. La tenía cogida del cañón, casi de la punta, por lo que quizá su pulso temblaba más de lo debido.

La primera reacción de Mikel fue de asombro, pero en seguida le invadió la sospecha de que su hermano, demasiado impulsivo, hubiera cometido alguna barbaridad.

—Pero, ¿cómo tienes tú esto?

Los cuarteados labios de Josechu temblaron en una sonrisa de angustia. Como si fuera a vomitar.

—Me tomas por idiota —dijo. Y se dejó caer pesadamente en la cama.

Mikel le zarandeó.

—La has disparado, Jose.

—Muy agudo.

—¿Contra quién? ¡Habla!

—Ese militar.

Mikel le miró a los ojos. Estaba aterrado.

—¿Qué militar?

—Os oí. Aquí mismo. Tú estabas sentado ahí con un tipo agitanado.

—¿Qué oíste?

Josechu se incorporó.

—¡Todo! Pensabais ajusticiarlo, ¿no? Pues ya está hecho. Acabo de matarlo yo. Solo.

—Pero ¿a quién? ¿A quién has matado?

Le separaban de la puerta un par de metros de distancia, que Mikel salvó saltando ágilmente sobre el rodapié metálico de la cama.

Después de echar el cerrojo volvió al lado de su hermano.

—A ver, di. ¿A quién has matado y por qué?

—Pensáis que soy un niñato loco.

—¿A quién has matado?

—A Sanromán.

Sudaba a mares. Le temblaban las piernas.

—¿El coronel de Estado Mayor?

Asintió entrecerrando los ojos.

—Ha sido muy fácil —dijo después—. Pero había una gaviota, Mikel...

—¿Una gaviota?

Mikel le quitó la camisa, empapada de sudor, y le friccionó el pecho con la punta de la sábana.

—Tranquilo —dijo—. Ahora ya está hecho. Se disponía a cerrar la ventana cuando vio abajo, junto a la puerta del establo, a una muchacha que le hacía señas con la mano. «Va en seguida, Begoña», dijo, y ordenó a su hermano:

—Ahora te metes en la ducha. ¿Me oyes? Y te vas por ahí con Begoña. A cualquier parte. Como todos los días. ¿Lo entiendes bien? Se trata de disimular. De que nadie sospeche.

Lo ayudó a levantarse y lo empujó hacia el cuarto de baño.

—Y que no se te ocurra coger la moto. ¿Entendido? Hablaremos más tarde.

«Decía mi madre, no se puede ir por la vida sin temor de Dios, es estrellarse, seguía diciendo tras una pequeña pausa obsesiva, y yo la veía fresca aún la cara, la frente ceñida por el pañuelo de amasar, qué pan aquél, un pañuelo blanco atado a la nuca. Lo decía sin dejar de apuñear la masa, espolvoreándola de vez en cuando con una harinita ingrávida como la primera nieve que nos caía y que miraban los asombrados terneros sobre el morro sonrosado y húmedo. Y hablaba sin mirarme, pienso yo que para no ver mi expresión de sapo aburrido ni leer mi pensamiento, siempre el mismo cuento de Dios, con los codos en la mesa y la mirada un sueño perdido en los héroes de carne y hueso, nada de Capitán Trueno, que yo ya había cumplido los quince y andaba de potes con Zin y porqueaba con la mujer de Popeye, el bedel, que podía ser mi abuela.

»Los héroes de carne y hueso, ¿cómo serán?, pensaba yo con los ojos llenos de las últimas imágenes, las del bombazo en la torre sur de la central eléctrica, más de tres kilos de chicle, qué apagón tan cojonudo, dos horas y media a oscuras todo el mundo, por huevos. Por huevos de los héroes de carne y hueso. Y yo suspirando como un idiota.

»Me acordaba de aquellos días hundido en el asiento trasero del viejo Seat negro, qué cacho de muslos los de la Gayola empujándome contra la puerta, prensándome, qué enormidad de carne bajo la falda oscura hasta los pies, y yo armado, de bragueta quiero decir, y de lo otro, porque íbamos de faena, aunque ninguno de nosotros sabía aún a dónde nos dirigíamos ni lo que había que hacer. Ninguno excepto el Mostachos, que estaba delante de mí, al lado de Burguete, un verdadero diablo cuando se ponía al rollo. Yo miraba el perfil matón del Mostachos, la banda azul del afeitado bajando desde los caracolillos entrecanos de la patilla en hacha, el brochazo zaíno del bigote a lo Villa, el último peloalambre de la ceja, retorcido y brillante como una crin asilvestrada. Un gitano de los de mona y pandero, pensé.

»Al otro lado de Gayola decía Zin más dolido que cabreado, qué lástima tener que hacer esto, con la tierra que nos ha dado Dios. Y fue por estas palabras que me acordé de las de mi madre. Entonces di en cavilar si venía Dios con nosotros, los terroristas, o si seguía amasando con ella en la cocina, dale que te pego a la pasta, que ahora me recordaba el cacho de goma que hace volar por los aires la gran cabronada del centralismo.

»Y tenía razón en lo de la tierra. Zin sabía lo que se decía aunque así al pronto se le tomara por un señorito vago. La verdad era que teníamos una hermosa tierra. Variada. Tan pronto el Seat agujereaba una pinada de mil demonios, interminable, como se deslizaba entre un mar verde de prados, campos abiertos bajo un sol que doraba las seculares piedras de los caseríos y adormecía a los tábanos clavados en la piel de las bestias, los emborrachaba de sangre y de un calorcillo clorofórmico.

»La carretera atravesaba un pueblo medio desierto, se confundía con sus calles, malditos señalizadores, protestaba Burguete, se abría otra vez a la ondulación verdeante de las colinas, se internaba entre cuadros de cepas, curvas y más curvas al bajar, hasta que se asomaba de puntillas el Cantábrico entrevisto desde acá del desmonte. Vamos a por dinero, roncó el Mostachos desde delante. Y en seguida la orden, listos los pasamontañas. Yo llevaba el mío escondido bajo el chubasquero negro de plástico. Y la Gayola, a mí me da mucho calor, me asfixio y me pongo nerviosa. Sus ojos de muñeco travieso brincaban bajo los rizos, dos deditos de frente cetrina hasta las cejas, y se volvieron hacia los míos, no sé si más cachondos que burlones o al revés.

»—¿Canguelo?

»Yo lamí con la mirada sus infinitos muslos. Fue mi única respuesta. Entonces ella agarró mi mano y la hundió en el surco caliente entremuslero al tiempo que apretaba las piernas y meneaba el culo adelante y atrás.

»—A veces las balas le destripan a uno —dijo sacando la punta de la lengua y escondiéndola en seguida—. Por si te pasa, al menos que no te vayas sin cumplir del todo el capricho.

»Y Zin, manipulando la pipa, déjalo, coño, no lo distraigas.

»El Burguete, dándolo por hecho:

»—Paro en la plaza.

»Pero el Mostachos dijo que no, mejor que te quedes donde empieza esa calle, va a la carretera y aunque es contra dirección no nos va de veinte duros de multa.

»—Cinco minutos tenemos. Ni uno más —añadió volviendo media cara.

»Montamos las pipas. Todos menos Gayola,

que llevaba su preciosa armónica a los pies medio tapada con el faldellín impregnado de porro marinero que decía ella no sé por qué. Y su hocico rozó mi oreja helada, cuando terminemos esto será la nuestra.

»—Toda la noche para nosotros, guayabote.

»Y me guiñó.

»Qué huevos, la tía, pensé.

»Y el frenazo.»

Mientras caminaba por la cloaca en que se había convertido la ciudad repetía su catecismo particular. «Se vuelve a ver en la historia que David, si sabe elegir bien su honda, es capaz de derribar a Goliat, el estado opresor. La lucha contemporánea ya no tiene nada que ver con la guerra de frentes y de estrategias clásicas. Hoy, todo un ejército puede ser prácticamente aniquilado o paralizado por un minúsculo número de resistentes practicando los principios de la Guerra Revolucionaria, que vamos a llamar, para abreviar, GE.» Saber elegir la honda era, pues, la cuestión.

Josechu pidió una cerveza en el bar donde almorzaba a media mañana con los compañeros de oficina.

—Si no está muy fría lo dejas. («No todas las fases de la GR son cruentas, o de acción violenta. *Las acciones cruentas no aparecen más que en las etapas más avanzadas.*») ¿Ya oíste, Fermín?

—Ya oí.

Fermín le ofreció un purito canario de boquilla de plástico y una sonrisa un poco golfa.

—No pienses que me engatusas, ¿eh? Te he pedido una cerveza bien fría. No fría. Bien fría. Helada.

—¿Y cómo a estas horas por aquí? No es hora de entrar ni de salir. Y los del piscolabis ya se fueron.

—Pues ya ves.

El de la barra tiró la cerveza en una jarra de vidrio, dejó que la espuma se levantara como la caperuza de un gran merengue y la decapitó con una especie de espátula mojada.

—Helada como picha de viejo —dijo. Y pasó a interesarse por Begoñita, ¿es verdad que habéis terminado?, y a preguntarle qué coño pasa contigo, que estás tan formal, con lo cabra que eres, Josechu, que te conozco desde que eras así. Y mientras Fermín hablaba reidor y chancero él miraba la fachada de enfrente, abarrocada y sucia, con la fila de balcones cada uno con su timpanito particular lleno de churretones negros, el pretencioso portal con la lámpara de vidrio biselado colgando del techo, y el letrero azul sobre blanco, Casa González, fundada en 1943.

—¿Ya te enteraste de la última?

Josechu esperó con la mirada puesta en el nacional de la acera. Esperó también que el lametazo de la cerveza refrescara su esófago al bajar cosquilleante. El agror le provocó el medio eructo que exigía el momento.

—Ni me enteré ni quiero enterarme.

—Han volado un *jeep*. Guardiaciviles.

—Con su pan se lo coman.

Pagó, sacó un paquete de Ducados de la máquina que había detrás de la puerta y agitó los dedos de la mano izquierda mientras agarraba con la derecha el tirador. Agur, Fermín, y Fermín se encogió de hombros como quien está pensando los hay para todos los gustos.

En el ascensor repensó el discurso que traía preparado para el señor González. Que tenía almorranas y que había decidido lavarse el culo con agua fresca durante las ocho horas de oficina.

—Así que me da la liquidación y en paz.

—¿Lo sabe tu madre?

—Eso es lo de menos.

—Para ti. Pero yo fui íntimo de tu padre, que en gloria esté. Entraste en esta empresa...

—Por influencia. Ya lo sé, señor González. Y salgo por las almorranas. No me negará que es una influencia como otra cualquiera. ¿O es que usted es tan idiota como parece?

Mal hecho, se decía un cuarto de hora después mientras bajaba en el ascensor. Mikel te reserva un guantazo de canguro pesopesado y tu madre un novenario de por vida con cien mil pares de jaculatorias y puede que hasta un exvoto de cera: el alma en pena de su Josechu adorado.

Le inquietaban vagamente, porque su verdadera preocupación era Papadoc. La reacción suya al enterarse del pitote que había armado en la oficina, ya que Papadoc se enteraba de todo. Hasta de lo que iba a pasar.

—Me cuesta controlarme —le había confesado Josechu la tarde anterior.

—Pues aprende a guardar tus impulsos. Pides la cuenta y te despides. Me haces falta. Pero sin armar escándalo.

En el cuartucho donde tenía la mesa de trabajo y el teléfono, Papadoc guardaba los libros de contabilidad de las empresas que asesoraba. Eran libros auténticos, capaces de justificar los escasos ingresos que le permitieran demostrar en un momento dado el modo de ganarse la vida. Pero el teléfono de Papadoc echaba humo. Biarritz, Madrid, Roma, Bayona, París a veces, los pueblos del área euskera. Incansable. Inmunizado contra la claustrofobia. Cien pares de orejas y con más ojos en la nuca que Argos en todo su cuerpo. Receloso y cauto. Tierno y endiabladamente duro, aunque nunca insensible. Si podía evitar el derramamiento de sangre lo evitaba. Pero no dudaba en sacrificar a nadie cuando la Guerra Revolucionaria lo exigía. «El poder se toma por fascinación», le había dicho a Josechu el primer día que habló con él, poco después de haber matado al coronel Sanromán, y, efectivamente, Papadoc fascinaba. Toda su persona era la misma fascinación. Chicarrón en la raya de la cuarentena. Cara de águila salvaje. Entre místico y sensual, según se le mirara a los ojos o la sonrisa. Forzudo. Josechu había de verlo más adelante reventar con una sola mano un bote de Coca-Cola, le habían acribillado un hombre. Soltero. Cuando necesitaba una mujer, no con frecuencia, llamaba por teléfono. A los diez minutos entraba en su cubil una zagala con aspecto de criada de casa bien. Aseñorada, limpia como los chorros del oro, con el pelo recogido y cara de agua y jabón. Ni guapa ni fea. Sana. Después de un rato se marchaba como había entrado. Sin despegar los labios y sin cobrar.

—¿Crees que puedes fiarte de ella? —le preguntó Josechu en cierta ocasión.

—No hay ser humano del que uno pueda fiarse. Ni de uno mismo.

—Lo añadido va por mí.

—Tú lo has dicho.

A veces hablaba como lo hacen los curas. Mejor dicho, empleaba expresiones bíblicas. Se le notaban dos cosas. Que la frase se le había escapado y que se había dado cuenta del patinazo. Era un segundo. Menos aún. Pero la rigidez momentánea de sus facciones lo delataba.

A poco de haberlo conocido, Josechu confió a su hermano la sospecha. ¿Qué te parece, Mikel? ¿No será Papadoc uno de esos curas liberados? Mikel sentenció: Papadoc es Papadoc.

Desconcertante. Porque en ocasiones tenía todas las trazas de un *capo* entrenado en Irak o vaya usted a saber dónde. Costurones en la piel y quizá en el alma. Se sabía que había escapado de la cárcel con siete etarras más.

—Dicen que la fuga la planeaste tú.

—El Señor que está en los cielos, Josechu.

Y se reía.

Cigarrillos y café. Nada de alcohol. Una sola

vez le vio Josechu achispado. Cuando recuperó un miembro de cierto comando. Fue un trabajo personal. El chaval estaba herido en una pierna, y cercado, y Papadoc tiró tres bombas de mano sobre la zona ocupada por la policía. Rescató a su hombre y consiguió engañar a un camillero, se nos muere, le dijo, y se trata de un inocente ciudadano, un peatón. Cuando lo tuvo a salvo encañonó al practicante y le obligó a que atara al chófer. Después él hizo lo propio con el sanitario.

Dicen que nadie sabe quién es. Que no tiene amigos. Que, además, no podría tenerlos. Él se sienta, escucha la opinión de sus hombres, consulta sus notas, abate la cabeza hasta casi rozar la mesa con la frente, se rasca la nuca, mira el humo del cigarrillo que acaba de encender con la colilla del anterior, lo aspira hasta el fondo y resuelve. Se hace. No se hace. Hay que esperar que se confíen. Cambiamos de escenario. De táctica. Se levanta, menea la cabeza de una forma que no deja lugar a dudas.

—Os tendré al corriente. Agur.

Siempre que dice agur coge la escoba y barre cuidadosamente la porquería que dejan sus hombres en el suelo. Es algo así como un movimiento reflejo.

—¿Te has fijado, Mikel?

—En qué.

—Cuando se mete a barrendero es cuando más cura me parece. O un fraile. ¿No te has dado cuenta? Es la humildad en persona.

—Y tú un imaginativo.

Le apetecía ir de potes después del lío de la oficina pero le faltaba alguien con quien compartir la euforia idiota del vino. Entró en un chiringuito que le salió al paso. Al primer culín le subió la presencia de Begoña al pensamiento como un calor dulce y tierno. ¿Por qué no ir en su busca?

Josechu paró un taxi y dio la dirección del parvulario en el que trabajaba su antigua novia. Vio los ojos del taxista helados en el retrovisor, escuchó una voz,

—han caído dos.

—¿Cómo dice?

—Dos etarras. Dicen que son los del *jeep* de esta mañana.

—Déjeme aquí.

—¿Aquí mismo?

—Sí. En la esquina esa.

A veces los nacionales se dedicaban al taxi en sus horas libres de servicio. Lo sabía Josechu. Igual que sabía que llevaban el cogote muy arregladito. Como el taxista que le había tocado en suerte.

«Quien no ha pasado por esto no lo sabe. Imposible vivir de reojo o pasarse la vida en un cubil como el de Papadoc. Mi lenguaje es completamente distinto. Yo no puedo fingir que ignoro la sangre que derramo. La patria, nuestra cultura, de acuerdo, sí. Pero el precio es demasiado elevado. Nadie puede sostener en pie su propio cadáver.

»Redactar panfletos inflamados, obedecer ciegamente una orden o la simple contraseña que nos dan unos timbrazos de teléfono, a tal hora en tal sitio, ignorar dónde vas, lo que una voluntad ajena pretende destruir, y luego tener que alimentarte de soledad, que emborracharte de odio. Y fingir constantemente, que es como teñir tu alma de sangre y echártela como una púrpura sobre los hombros, de forma que únicamente puedas verla tú impregnada de muerte.

»Mi propia razón convertida en torpedo que lo destruya todo, cuerpos y almas, naturaleza y espíritu. Máscaras. La que te pones en la calle, la de casa, la máscara de la contracultura, la asesina.

»De noche, en la soledad de tu cuarto, eres tú. Sobrecogido y desconcertado. Pero a la luz del día, ante los miembros del comando, entre y desde ellos, te obligas a ser una nueva especie de diablo. O un histrión loco. Porque hay que escupir el arte de los burgueses aunque te habría gustado ser el último criado de Miguel Ángel o una zapatilla de Goya. Porque hay que aceptar que si alguien enciende cada noche las estrellas, ese alguien es el dios Marx.

»De nada vale hurgar en la conciencia en busca de un poco de reflexión. La respuesta ha sido dada. Tajante. Con toda la contundencia bruta del puñetazo en la sien. El único remedio es la revolución. El medio no cuenta. "Las negociaciones están bien cuando las armas hablan." Lo dijo Blas —o Goitiri— y punto redondo.

»Hay que ser un verdadero perro. Un cínico. Si el corrosivo de la duda llaga tu mente sólo podrás curarla aplicando el inútil ungüento del escepticismo. Negar. Negar brillante, inteligente, lúcidamente. Pasar de todo. Destruir por sistema hasta arribar con la nave llena de locos a la desoladora orilla de la nada. Cinismo y nihilismo. Y la revolución. ¿No es una porquería?

»La vida llama a la vida. Se trata pura y simplemente de comprender esto. Lo demás no importa. Y si importa, en cierta medida, es secundario.»

—Huevos ha demostrado tenerlos.

—O una dosis enorme de irresponsabilidad.

Mikel insistió.

—Josechu es un tío bragado. Le conozco muy bien.

También el Renco era un bragado. Sabía batirse y no hacía ascos a una ejecución. Sin embargo se acobardó en el momento preciso. Papadoc recordaba como si las estuviera viendo las gotas de sudor de la cara del Renco cuando llegaron al final del túnel, el día de la fuga. Redondas, espesas, gotas mercuriales. Toda su cabeza era una esponja estrujada por los dedos invisibles del pánico. Lo dicen los comunes, lloriqueaba el Renco, ¡hay ametralladoras esperándonos! ¿Es que no lo entiendes? Quieren acabar con nosotros. Antes era la ley de fugas y ahora dejan que nos escapemos para liquidarnos. ¡Nos matarán, Papadoc! Sudaba hasta por los ojos. Se negaba a salir al descampado, suplicaba que le mataran allí los compañeros, ¿por qué no lo hacéis de una vez?, se cagó hasta los talones, maldecía, lanzaba alaridos mientras lo arrastraban fuera del túnel. Tuvo que ser el propio Papadoc quien le golpeara en la nuca con el canto de la mano. En aquella ocasión lo salvó, pero meses después el Renco había de traicionarlos por causa del miedo.

—¿Y qué hay de la chica?

—¿Begoña? No sé. Supongo que tendrá que hacerse a la idea. Muchos noviazgos o lo que sea terminan así.

—No lo digo por ella. Es tu hermano. El peligro es tu hermano. Supongo que sabes que, tal como están las cosas, y debido a su carácter, Josechu es un cartucho de dinamita.

—Sí, claro.

Papadoc le preguntó si se acostaban juntos. Mikel se encogió de hombros.

—No la veo yo de esa clase de chicas. Begoñita es muy suya. Formal.

—¿No la buscará él?

—¿Quién puede saberlo?

—Está bien. Lo tendré un tiempo conmigo.

Lo psicoanalizó. Primero, por qué mató al coronel.

—Era la única forma de ingresar en la Organización.

Segundo, por qué eligió precisamente a Sanromán y no a otro enemigo.

—Me enteré casualmente de que planteabais su ejecución.

—¿Cómo?

Fue en su propia casa. En el mes de julio. Mikel se descuidó. Dejó la puerta de su cuarto entornada creyendo que estaban solos y Josechu, que volvía al clarear el día, pudo escuchar lo que hablaba su hermano con el Mostachos. A pesar del calor se le enfrió el aliento. La emoción. Su hermano, a quien él miraba con desprecio por lo ajeno que parecía estar en la lucha de la Patria por su libertad (la Patria de Josechu eran las pintadas, las manifestaciones, y el ver cómo se las arreglaba para poner la ikurriña en el lugar más insospechado y difícil, cucaña en la que rivalizaban los jóvenes de su edad), su propio hermano, Mikel, resultaba ser un héroe de carne y hueso.

Tercero, qué era la historia de la Patria para él.

—Apenas la conozco.

—¿Te interesa?

—Conozco lo esencial. Lo demás no me quita el sueño.

—¿Te gustaría profundizar algo más en ella?

—Si vas a ser tú quien me enseñe, sí. Te corre por las venas.

Cuarto, ¿tenía idea de la vida que le esperaba en la Organización?

—Un mili tiene que estar siempre dispuesto. A cualquier hora del día o de la noche.

—Lo sé. Y no me importa. Quiero luchar.

—Tendrás que prescindir de todo. Familia, afectos, tu vida privada. Será como si estuvieras muerto para todo menos para la causa.

Un brusco encogimiento de hombros.

—¿Y el peligro?

—Me gusta el peligro.

—¿Miraste a Sanromán?

—Lo maté cara a cara.

—No hay que mirarlos. Nunca. Es lo primero que tienes que meterte en la cabeza.

Durante los días que convivió con él, Papadoc notó que se encariñaba con Josechu. Quiso ver personalmente cómo se comportaba en su primera actuación y se presentó en la sucursal del banco disfrazado de sacerdote. Eran las once y media en punto cuando oyó el frenazo, Burguete, no falla, pensó Papadoc mirando distraídamente al techo a través de los impolutos espejuelos, arcangélicos cristalitos montados al aire que daban a su cara un aspecto seráfico. Primero entraron la Gayola y Mostachos, ¡quietos todos!, menuda pareja, dijo para sí Papadoc sofocando la risa, mientras su mano derecha acariciaba la Parabellum hundida en el profundo bolsillo de la sotana. Qué facha la Gayola, con dos cortezas de pipas pegadas al jersey, sobre la teta izquierda, y el oscuro faldellín y las botazas, con la metralleta debajo del brazo, tranquilos, hale, que no pasa nada, cara a la pared y las manos a la vista, ahí, y el Mostachos con la bolsa de lona, ¡tú, llénala!, al cajero. Parecía una réplica de Pancho Villa, con el vientre bajo y salido, pensó Papadoc sonriendo a la mirada vivaz de la Gayola, que no lo había reconocido, a ver, padre, usted quietecito y a rezar que es lo suyo.

—Es lo que hago, hija mía.

Y otra vez la Gayola:

—Tú, guayabete, controla a esos de la derecha. Ponlos debajo del reloj y fríelos si se mueven.

Allí estaba Josechu. Sereno, con el cuello del chubasquero subido y el lustroso pelo ensortijado sobre la frente. Tenía las piernas separadas y sostenía la pipa con la mano derecha, ligeramente apoyada en la cadera. Papadoc, que llevaba puesta una venerable calva a fin de despistar a los hombres del comando, clavó los ojos en los de Josechu, mirada de dulce reproche de confesor que encandiló al neófito del atraco. Se distrae, pensó Papadoc inmovilizándole con la mirada, y la Gayola, que estaba en todo, padre, o se pone cara a la pared o lo dejo frito con todos mis respetos a la sotana.

—Perdona, hija.

—Perdonado y absuelto a la primera. Pero hágame caso.

La Gayola se lo contaría después al mismo Papadoc riéndose toda, el vientre, el tetamen, los pliegues del cuello, los hombros, los zarcillos de plata sucia, se reía toda ella menos ella misma, ¡qué canguelo tenía el curita, si lo hubieras visto, Papadoc, con aquella cara de panoli que ponía!

Y Josechu, como cabreado:

—Pero ¡qué coño estás diciendo! De panoli nada.

—¿En qué te fundas? —le había preguntado Papadoc.

—Los ojos. Tenían algo aquellos ojos. O sea, que de panoli nada.

—¿Los ojos?

—Sí. A mí me miró el jodido erudito y no era cualquier cosa.

—¿Te estuvo mirando mucho tiempo?

—Demasiado.

—Eso significa que te has distraído.

Papadoc había decidido enviarlo una temporada a Bayona. O a las Ardenas. Pero aquella tarde no se lo comunicó.

«No es una cabra loca la Gayola. Lo parece. A mí me comprendió en seguida. Me vio por dentro, te estoy viendo, guayabete, tal cual una radiografía, te fijas en todo, piensas demasiado, Josechu, y eso no va con el rollo que nos llevamos aquí.

»Acaba de traerme una bolsa de pipas.

»—¿Qué santo fue el que dio su túnica a un mendigo? Pues mira, guayabete, yo acabo de gastarme en estas pipas mi último capital. Eso significa que voy para santa.

»Como no la han dejado cerrar por dentro la puerta y ha visto que el Mostachos me esposaba al somier se ha puesto histérica, ¡cabrones!, eso es lo que sois, y tratáis a los demás de verdugos, qué pasa, ¿eh? ¡Indecentes! ¡Capitalistas!

»Yo he tratado de tranquilizarla, déjalos, a mí me da igual, puedo leer perfectamente.

»Una fiera, Gayolita. Pero se ha derrumbado. Se ha desmoronado como un montón de piedras mal calzadas que empieza a rodar una, allá va, y cede la de abajo y venga, a rodar todas.

»—No puedo verte así, con las esposas.

»—Está bien. Las escondo.

»Llorando Gayolita, no quiero hacerte el número, Josechu, amor, ¿me dejas que te llame amor?, antes no querías pero es que no puedo remediarlo.

»—Aunque a lo mejor no te pasa nada.

»—Pues claro. ¿Qué puede pasarme?

»—Eso. Dime, ¿qué es ese libro?

»—La Biblia.

»—No me jodas, Josechu. No te pongas fúnebre. Por Dios santo. ¡Ay, ni sé lo que me digo, coño!

»He abierto su bolsita de plástico y le he ofrecido pipas pero ella ha rodado la cabeza, creo que es la primera vez en mi vida que rechazo una pipa, te lo juro, amor, pero es que no me pasaría, ¿sabes?, tengo la saliva demasiado espesa, amarga. Yo he puesto mi mano libre sobre sus ancas, sé que le gusta la caricia, y ella ha tomado mi cabeza como el sediento que coge el cuenco de agua y se me ha bebido el alma con el beso en la boca.

»—Y ahora, agur.

»No, no, agur no, dice meneando la cabeza, y veo el bailoteo de sus rizos locos, no, Josechu, agur nunca, hasta la vista.

»Me he quedado solo con la bolsita de pipas.

Es decir, estoy con el cuerpo desnudo de Gayola como aquel día, el del atraco al banco. Fue fácil. El Mostachos cogió la bolsa de manos del cajero, millón y pico, ¡un kilo largo!, diría después a Papadoc, yo me asomé a la plaza para ver cómo estaba el panorama y Gayolita se quedó en mitad de la sala con su metralleta, es que el juguete le chifla, hasta que oyó el silbido de Burguete. Diez minutos después cambiábamos de coche.

»Los demás nos dejaron solos en el piso del comando. Y qué orgullo el mío, qué vanidad ridícula, paseándome entre las cajas de munición apiladas perfectamente una sobre otra, paseándome entre las escopetas de cañones recortados, las placas de matrícula recién pintadas, pavoneándome entre tanto instrumento de muerte, los detonadores, los fusiles cetme, las pistolas, el montoncito de documentos de identidad archivados en la caja de zapatos, los rollos de mecha, el chicle envuelto en el grueso papel de embalar. En el dormitorio, desnuda como un viejo cuadro de burdel, qué magnífico culo redondo y blanco, Gayolita. Fruta gordal. Robustez, leche y rosas la piel, poder dormido, y voy y le digo, a veces pienso que te has escapado de un lienzo de Rembrandt.

»—Yo no me escapé de ningún lienzo, me escapé de casa. Mariola estaba cansada de obedecer estúpidamente. Mariola por aquí, Mariola por allá. Porque yo me llamo así. Lo que pasa es que de pequeñita, cuando me preguntaban idiotamente cómo se llama la nena, yo decía Gayola. Y en Gayola quedé.

»Una historia vulgar. El trabajo en un almacén, el ligue con Sebas, muerto en un enfrentamiento con la Guardia Civil, la rabia, porque Gayolita se había enamorado de él, yo pienso que sigue enamorada, y el acoso a Sancho Parra, íntimo de Sebas, tú sabes quien es el mandamás de la Organización y si no me llevas me chivo. Fue así como conectó con Papadoc.

»A mí me abrió los ojos. El terrorismo no es únicamente el *jeep* despanzurrado, lleno de trozos y manchado de sangre, me dijo después del primer polvo. El terrorismo es una droga y, además, una señal. Un mensaje. ¡Eh, dices a la gente, que nosotros estamos aquí! Tampoco se trata de una vulgar bomba. Cuando pones la primera en una ciudad todas sus viviendas se convierten en bomba. Es un volcán. O mejor, un polvorín con la mecha encendida. Cuando el terror se propaga, cada tío y cada tía lleva una bomba dentro. Ahí no vale decir que uno pasa de política. ¡Nada, Josechu! Ahí el truco falla. Eso de yo no me meto, ni opino, a cambio de que vosotros hagáis lo que os salga de las pelotas, eso no cuenta cuando anda de por medio el terror. Es una espiral. Una bola que, a medida que rueda, engorda.

»Me decía todas estas cosas desnuda en la cama, escupiendo cáscaras de pipa que revolaban torpemente como esas mariposas noctámbulas para caer inertes sobre los pechos frutales de ella, en el vientre, enredada alguna en el terciopelo del pubis.

»Más que matar, la misión del terrorismo es advertir. De lo demás se encargan ciertas revistas. Nos hacen el juego. Sin saberlo, claro.

»—¿Tú crees que no lo saben?

»—O sabiéndolo. Me da igual. Pero fíjate. Las fotos de un atentado. Cuando más macabras son, mejor servicio nos hacen. Eso que ves de la sangre, el pedazo de pierna, la mano mutilada debajo del coche, todo eso, esas imágenes, son una gran propaganda para nosotros. Yo diría que es terrorismo puro.

»—La propaganda por el hecho.

»Fue entonces cuando me dijo piensas demasiado, te fijas en todo, Josechu, y eso no va con nuestro rollo. Acabarán jodiéndote unos u otros. Hasta las pipas se pusieron de luto cuando Gayolita pronunció estas palabras. Pero ella recobró en seguida su talante desenfadado. Se impuso su vitalidad, las ganas que tenía de vivir. Saltó desnuda de la cama y me arrastró hasta el baño, ¡con agua fría no!, grité al descubrir sus intenciones, y ella, no me seas merengue, guayabete, anda, vamos. De poder a poder. Yo gritaba bajo la lluvia helada y Gayola me inmovilizó cubriéndome de kilos lúbricos, de caricias que sólo ella podía inventar, y practicar, que vamos a palmar, burra, no será verdad, con lo bonito que ha de ser morirse una a tu lado.

»Hicimos el amor a menos cero grados.»

Begoña le visitaba casi todas las noches. Se sentaba en el borde de la cama y le miraba sin decir palabra, una estatua —a veces incluso oía su voz, escuchaba sus quejidos de placer en la oscuridad de grillos inseguros, o bien dentro del coche, no, Josechu, sabes que eso no, no quiero llegar hasta ahí, no debemos; o sentía rebullir entre sus manos la manita entresudada, sentados frente al televisor, la respiración asmática de la madre de ella como si todo el comedor respirara vigilante y desconfiado.

Josechu, inmóvil en la cama, procuraba oscuramente evitar el final del sueño, o retrasarlo, vibrantes los músculos de la cara y un pene de bronce dispuesto a responder.

Se removía inquieto, balbuceaba unas palabras.

—Josechu, amor. Despierta. Tienes pesadilla.

Gayolita le acariciaba el pecho, el vientre, y un Josechu amasado en sueños acababa siendo absorbido por el calor animal de ella, se hundía en sus entrañas, donde araba agobiado hasta vaciar una desesperanza que ella recibía glotona, aunque triste, porque el hombre que tenía encima estaba poseyendo a otra mujer, o a un sueño, algo imposible de matar. En cuanto a él, le devolvían la realidad unas palabras que olían a mala digestión, palabras pastosas, ¿es la grasa de las pipas?, se preguntaba, guayabete, no sé qué me das, y le entraban ganas de llorar.

Sus ojos, abiertos, bebían la oscuridad del cuarto. El cosquilleo de una lágrima que baja por el pómulo hasta que la fiebre del pesar la seca. Entonces la veía. Volvía a ver a Begoña aquella mañana de agosto, el vestido claro de falda acampanada, las cintas negras trenzadas a media pantorrilla, los brazos dorados, la carita alargada de nariz vasca y mirada verde.

—Iremos en tu coche.

Y Begoña:

—Mejor la moto, Josechu. En el coche nos asamos. Además, no se puede aparcar con tanto veraneante.

—¡Nada de moto!

—Cómo estás.

—Estoy como me da la gana.

Mientras sucedía esto, Mikel le miraba desde la ventana. Estaba inmóvil, con la estopa en las manos y un gesto de reproche en la cara. «Se trata de disimular, de que nadie sospeche», le acababa de decir.

Al otro lado de la ventanilla respiraba un mar infantil vestido de verano. Josechu buscó la gaviota en el azul inflamado de sol sin encontrarla.

Begoñita, ofendida al volante:

—¿Dónde desea que le lleve el señor?

Un Josechu agresivo le clavó en el vientre su ira afilada.

—¡No jodas la marrana más de lo que está!

—Perdona, hijo.

Era consciente de su crueldad. Pero había decidido terminar aquella misma mañana con Begoñita, a la que no podía comprometer alegremente.

—Estoy harto de ti.

Ella le miró a punto de llorar.

—Pero ¿qué te he hecho yo? Habla. Di algo.

—No tengo nada que decir.

—¿Sabes qué? Me vuelvo a mi casa.

—Después. Te largas con tu santa madre y lo dejamos. Es lo mejor.

Las manos de ella temblaban sobre el volante. Lo que quieres, pensó, es acostarte conmigo. Pero vas dado.

Encontraron la entrada bloqueada. Algo pasa, dijo ella, tratando de meter la segunda.

Había un coche patrulla atravesado en la carretera y un par de guardias civiles de metralletas hambrientas. Parecían muy nerviosos, especialmente el que se les acercó:

—¿Adónde se dirigen?

Josechu se adelantó a Begoñita:

—Al Paseo Marítimo. A tomar una caña.

—Al Paseo no se puede ir por aquí. Tendrán que dar la vuelta. Aquel compañero les indicará.

—¿Ha ocurrido algo?

El guardia civil les indicó el camino con el cañón del arma, circulen, por favor. En seguida, el dédalo de callejuelas por las que trotaban mujeres de nalgas asustadas arrastrando a sus hijos de la mano. Otro que se han cargado, dijo Begoñita sin encontrar respuesta, y añadió:

—Esto se está convirtiendo en un infierno.

—El infierno lo han hecho ellos.

—Entre todos, Josechu.

De cada esquina salía un guardia verdoso como el miedo, llameante el tricornio bajo el sol.

—Mejor que nos larguemos —dijo ella.

—Sigue. Entraremos por la otra parte.

Superado el barrio antiguo, las calles céntricas se veían llenas de vehículos de la Policía Nacional y de la Guardia Civil. En una esquina, al pie de un semáforo en verde, Josechu distinguió entre la gente a un par de nacionales cacheando a un anciano con aspecto de mendigo. Listos que son, pensó, y dejó escapar una risita desencantada y cínica que no consiguió ahuyentar su obsesión, el porqué todos los asesinos experimentan la necesidad de volver al lugar del crimen. Fue entonces cuando recordó a la gaviota, seguro que me reconoce, pensó, y murmuró entre dientes un estaría bueno cargado de ironía.

Begoñita:

—¿Decías algo?

—Que tuerzas a la derecha.

—Lo sé, hombre. Ya lo sé.

En la terraza del bar el camarero murmuró al oído de Josechu:

—¿Ya te enteraste de lo que hay?

—No. ¿Qué pasa?

—Otro.

—¿Dónde ha sido?

—Ahí mismo.

Alargó el brazo y explicó minuciosamente, allá, al final del Paseo, desde aquí se ve la mancha de sangre, parecía que se había sentado a tomar el sol, muchos lo hacen. Y Begoñita, mordiéndose las uñas, esto no hay quien lo pare, Dios mío.

—¿Se sabe quién es? —preguntó él indiferente.

—Sí, hombre. Yo le conocía. A veces venía aquí con la familia. Es un tal Sanromán. General o algo así. Estaba esperando a sus nietos para bañarse. Ellos son los que lo han encontrado. Imagina. El mayor está en el ambulatorio. Le ha dado un mal. La impresión.

—¿Cuándo ha sido?

—Pues mira, a poco de marcharte tú.

Begoñita, ah, pero ¿tú has venido aquí esta mañana? Habría querido tragarse la pregunta pero ya era tarde. La explicación de Josechu, absurda, podía ser la causa del cabreo, porque ella no le había dicho la víspera que lo esperaba en el Paseo Marítimo. Estaba segura, aunque disimuló.

—Si hubieras visto, Begoña —el camarero—. Josechu venía en la moto de allá, precisamente de donde había caído el señor Sanromán. Iba despacio, mirando...

—Buscándola a ella —intervino Josechu.

—...y, oye, qué cosa, un pajarraco de ésos, una gaviota, coño, que no se lo dejaba. Siguiéndole. Él en la moto y el bicho volando detrás como si quisiera picotearle la cabeza. Te ha seguido un buen rato, ¿eh, tú?

Josechu forzó una sonrisa mientras pensaba que todo el mundo le había visto perseguido por la gaviota. Y el camarero, riendo aún:

—Bueno, qué va a ser. Tengo chipirones. Fresquísimos.

36

—Me apunto —dijo Zin detrás de Josechu, que se volvió sorprendido.

—¿Tú por aquí? Te hacía en el Náutico.

—Pues ya ves.

Lo que menos podía figurarse Josechu. Que Mikel había llamado a Zin al Náutico y que lo había citado en un merendero para pedirle que localizara a Josechu y que no se separara de él ni un instante. Y Zin, ¿qué pasa con Josechu?

—No preguntes. Haz lo que te digo y ya nos veremos en el piso de Papadoc. Te llamaré.

—¿Y qué ha pasado con ese coronel?

—Ni idea. Desde luego cosa nuestra no es.

—Pues van a revolver toda la ciudad. Hasta las tripas.

—Tú ándate con cuidado.

Teodoro Zin había estudiado el bachiller con Josechu y se conocían desde niños. Más que amistad, era un sentimiento de hermandad el que los había unido, pero últimamente apenas se veían porque Zin hacía una vida muy rara. Viajaba y, cuando estaba en la ciudad, vivía a lo gran señor al margen del negocio familiar, del que se encargaban el padre y el hermano mayor, Iñaki. Chico formal éste, eterno enamorado de Begoñita, a quien había pronosticado un mal vivir si se casaba con Josechu.

—Es un irresponsable —le dijo el último día que fue a buscarla al parvulario—. Un loco de atar.

Begoñita estuvo a punto de abofetearle. Se contuvo, pensando que Iñaki hablaba por boca del despecho, mira, será todo lo loco que tú quieras pero no pienso dejarlo por nadie,

—y menos por ti. ¿Te enteras?

—De todas formas, te esperaré.

—Pues vas a hacerte viejo.

—No lo creo. Tú vales, no eres como las chicas de hoy. Así que hasta la vista.

Josechu despreciaba a Iñaki por lo que representaba, el trabajo, el orden, el empeño que había puesto siempre en amontonar millones desinteresándose de la suerte del País. Todo junto lo vas a pagar, cochino burgués, lo amenazó una Nochevieja delante de todos. No lo olvides, Iñaki, la Patria no perdona a los renegados como tú. Chocó con la frialdad desdeñosa de Iñaki, con la muralla de sus dientes salidos, te ríes como los chacales. Y se abalanzó sobre él, inútilmente, porque estaba como una cuba.

Cómo era la vida, pensaba ahora Josechu palmeando amistosamente la rodilla de Zin, que se había sentado a su lado y bromeaba con Begoñita, tú maja como siempre, hay que ver la suerte que tienen algunos. Si Iñaki era lo despreciable que pueda existir en la persona, Zin era como una prolongación de Josechu. Era su propia vida compartida, las primeras confidencias, ¿ya te salen los pelos, Zin?, el primer furor místico, Dios nos mira desde cualquier sitio, los primeros secretos revelados, ¿sabes qué me ha dicho la mujer de Popeye?, no, di, pues que su marido la tiene morcillona. Zin era él mismo y más que él, sin embargo Iñaki le ponía enfermo. ¿Cómo pueden ser tan diferentes los hermanos, Zin? Es que sois al revés. Mis padres, que lo habrán hecho del revés. ¿Por la oreja? Pero qué burro eres, Josechu.

—Os invito a comer —dijo Zin de sopetón—. Y os aconsejo que aceptéis antes de que me lo piense. Josechu me sale demasiado caro. El saque que tiene, el niño.

Cómo es la vida, seguía rumiando Josechu, Zin tan alegre, bromeando el tío, sin sospechar el miedo que llevo dentro. Porque el miedo es como la herida que te haces o como la bala que te destroza. De momento no se siente. Tiene que pasar un tiempo, enfriarse uno, para que el miedo empiece a doler o el dolor a dar miedo.

Josechu a Begoñita:

—Tú qué dices. ¿Comemos o no?

Pero Begoñita se había puesto el hocico del enfado y decía que no, que no tenía apetito, y pensaba, qué cínico, Josechu, es que no le conozco.

—Yo me voy.

Se encaró con él.

—Y mira lo que te digo, me voy ahora mismo.

—¿Sin esperar los chipirones?

—Sin los chipirones. Que os aprovechen.

Josechu la agarró del brazo.

—Espera, mujer.

—¡Déjame!

Pero el déjame significaba suplica, humíllate, pedazo de ceporro, híncate a mis alpargatas, con la ilusión que me hacía que me desataras las cintas como tú sabes antes de meterme en el agua.

Y Zin riendo con ganas, enseñando la dentadura recostado en la silla, con la cabeza echada atrás hasta descubrir el velo del paladar, Zin con la congestión en la cara, pero qué felices sois, coño, qué niños.

Begoñita, de pie, resistiéndose al tirón de Josechu:

—Pues ¿sabes qué te digo, Zin? Que una está demasiado crecidita para aguantar niños. Que la que con niños se acuesta ya sabes cómo se levanta.

A Josechu:

—¡Déjame, animal, que me haces daño!

Fue en aquel instante cuando apareció Iñaki. Traje claro de verano, camisa azul marino de algodón, repeinado, serio.

—¿Te molesta este tipo, Begoña?

—Pues, mira, sí. Me está molestando.

Los dedos de Josechu aflojaron la presión. Ni se dignó a levantar la cabeza hacia ella. Sólo dijo sordamente a Begoñita que se largara. Es el momento, Jose, pensó, aprovéchalo. Deja que sea feliz. Apártala de ti, carajo. Pero la rabia se iba apoderando de él, le subía a la cara como un ardor seco de horno.

Se levantó temblando, las manos crispadas y los ojos cerrados para no presenciar el fin. Y bramó:

—¡Largo de aquí, guarra! ¡Mala puta!

Mientras Iñaki se llevaba a Begoñita, Zin sujetó a Josechu.

—Quieto, hombre. Tranquilo. Todo se arreglará.

«Yo estaba vacío de Dios. Pero cuando descubrí que a veces la persona pretende alcanzar categorías que superan lo humano, tan frágil, tan aniñadamente limitado, y que en mi caso concreto era mi identificación con la infamia y el crimen, supe que ese dilatarse sin freno rompiendo las barreras de la conciencia conduce a la degradación o a la locura. Que nos hace animales. Fieras.

»Puede suceder sin embargo, y de hecho sucede, que en alguna de estas ocasiones la persona se encuentra con Dios. Cuando esto se produce se descubre de golpe lo auténticamente radical, la raíz de lo que en nuestro ser llevamos de divino, oscurecido por ideas superpuestas a la Divinidad. Son capas bulbosas, envolventes, túnicas que aislan el cogollo de lo que constituye la verdadera esencia de lo humano, que es la Verdad Sellada.

»Comprendí entonces que, fuera cual fuese el pretexto, no podía matar a mi prójimo, porque hacerlo era destruir parte de la Divinidad. Supe también que si llegaba alguna vez al extremo de no poderme perdonar a mí mismo, buscaría mi perdón en el amor de Dios. Todo lo que pudiera ocurrir era accesorio. No importaba.»

—Lo mataré, Zin. Te juro que lo mataré.

—¿A quién? ¿A Iñaki? No vale la pena. Deja que se muera él solito.

—Es una serpiente. Cómo sabe aprovechar las ocasiones, el tío. Qué jeta. ¿Por qué ha tenido que meterse? No es asunto suyo. Es cosa nuestra. De Begoña y mía.

—Pero tú te has pasado. La has insultado públicamente de mala manera. Anda, vámonos de aquí.

—Te juro que lo mataré.

—Está bien, hombre. Pero primero vamos a comer. Te invito.

Curioso. De repente había olvidado al coronel Sanromán. Se le había borrado del pensamiento por completo. Y hacía apenas cuatro horas que había pronunciado aquellas palabras, ¿una foto, mi coronel?, que lo había encañonado y había disparado fríamente después de invocar el nombre de Dios, que Dios nos perdone, coronel.

Ahora era Begoñita el hervor en el pecho. Un aceite hirviendo la dichosa Begoñita, la he perdido, esta vez la he perdido para siempre, y el fantoche de Iñaki llevándosela del brazo como una cosa suya, el cabrón, ¡es que lo mato!, abriendo la puerta del insultante BMW, qué ademanes de lacayo, el puerco, mientras la gente de las mesas le miraba, a Josechu, compadeciéndolo y despreciándolo al mismo tiempo porque había perdido la compostura, jodidos burgueses de mierda que no acababan de ver que es mucho más que la compostura lo que he perdido, es mi vida, mi propia vida.

—No tengo ganas de comer.

—Pues vamos de chiquiteo. A mí me da igual.

Todavía le temblaban los dedos cuando se sentó junto a Zin en el Talbot. Poco a poco iba desapareciendo la mancha roja que nublaba sus ojos. Otra mancha, roja también, medio tapada por el piadoso serrín, se veía al otro lado de la explanada a veinte metros de Josechu, que volvió la cabeza.

—¿Qué hijo de su madre habrá sido esta vez?

Josechu se encogió de hombros.

—Al carajo nos vamos —continuó Zin disimulando—. ¡Al infierno!

Al infierno. Y fue entonces, al pensar en el infierno, cuando la cara de Sanromán se le puso delante, una cara pálida de ojos ligeramente salidos, ¿qué quiere usted?, bigotito a tiralíneas años cuarenta, negro, demasiado negro para el vejestorio, pensó, y concluyó, si se lo teñía merecía los tiros,

—hace calor.

—No se le ve el fin a este carnaval de tiros y bombas —dijo Zin tratando de sonsacarle—. Yo me pregunto qué buscan los etarras. O los que sean. No van a poder. Es imposible. Quien tiene los triunfos gana. ¿O no?

—A veces.

—Siempre, Jose. Quien tiene los triunfos gana y esta vez los tienen los de Madrid. Quítatelo de la cabeza.

—A mí me da lo mismo. Yo no juego. ¿Puede saberse dónde vamos?

—Había pensado en la taberna de Maite.

—Listo tú.

En la taberna no bromeó con Gloria, la hija de Maite. Como si no existiera, con las buenas migas que hacían. Zin le observaba. Ajeno a todo, mirando la pequeña cazuela de pil-pil como si lo tuviera hipnotizado.

—Jose...

Ni siquiera le oía. Vaciaba los blancos sin el paladeo ritual. A destajo trabajaba, pensaba Zin, y asociaba el estado de Josechu, mudo, sordo y ciego, a la orden que había recibido de Mikel, su hermano. ¿Se trataba de una orden o de un simple favor? Localiza a mi hermano y no te separes de él ni un segundo.

—¿Sabe Mikel que andas de morros con Begoñita?

—Qué.

—Tu hermano. ¿Cuándo lo has visto por última vez?

—Esta mañana. En casa.

—¿A qué hora?

Josechu soltó la carcajada, Gloria, maja, si ese valle que anuncian tus teticas es el valle de Josafat quiero morirme ahora mismo. Zin pensó que se hacía el sueco, mientras le reía la gracia, pero seguía observándole en busca del pequeño detalle, que podía ser el más significativo, el revelador.

—Te he preguntado a qué hora lo has visto.

Al extremo de la barra una sólida moza de buen ver levantó el brazo, Zin, qué te cuentas.

Y Josechu:

—Tráetela a la maciza.

—Es Mariola. ¿No la conoces?

—No. Me gustan sus cachas.

Rió un poco achispado.

—La verdad es que sabes cuidarte —dijo con la boca llena.

Mariola tenía una sólida estructura, dientes perfectos y en sus cosquilleantes ojos le bailaban unas ganas locas de vivir.

—Hola.

—Mira. Este amigo, Josechu, que quiere conocerte.

—Hola, Mariola —saludó Josechu poniendo a sus palabras música de anuncio televisivo.

—Coñita, ¿eh?

Ella metió su codo en el costillar de Josechu y se largó con viento fresco renegando, qué tipo tu amigo, Zin, ¿quién se ha creído que es, el Robert Redford?

De nuevo en su sitio le sacó la lengua, ¡saludos a papá!, dijo levantando el gallo sobre las voces de bronce. Y le volvió la espalda.

—¿Quién es? Tiene la fuerza de un tío.

—A lo mejor lo es. Nunca se sabe.

Josechu a Gloria:

—Cámbianos el pienso, amor. Y acércate un poco, a ver qué hay del valle ese que escondes entre tus mandarinas. ¡Quiero morirme en él, leche!

Gloria sacudió una mano mojada y le salpicó la cara.

—Por mí puedes morirte cuando quieras.

—Como verás, no es mi día con las mujeres, Zin.

—Doy fe.

—¿Qué tendrán, las puñeteras, que un día se te dan bien y al otro te arruinan? Como las cartas. ¿No te has fijado? A rachas.

Miraba a Gloria mientras se explicaba, será porque hace como un mes que no me la cepillo,

—y está riquísima, con la falta que va a hacerme hoy.

A pesar de estar colocado recordaba perfectamente el asombro de Sanromán, ¿qué quiere usted?, y el movimiento de la falda de Begoñita cuando se fue del brazo de Iñaki. Veía las cintas de sus alpargatas, el breve pie caminando de puntillas. Pensó, si seré animal, el daño que puede hacer en un rato un loco de mierda como yo, pero

—¡lo pide la Patria Vasca! —gritó levantando el vaso.

Y en aquel preciso instante, Mikel. Su mirada severa, el tañido de su voz:

—Qué pasa, ¿eh?

Le metió en el coche a empujones sin permitir que terminara el blanco.

«La presencia de Mikel interrumpe mis reflexiones.

»—Voy a quitarte las esposas —me dice.

»A través de la puerta, entreabierta, oímos cómo despotrica Gayolita, vuestras actitudes son fascistas, ¿qué es eso de esposar a un compañero?, bastante tiene con lo que le espera.

»Mikel hurga con la llavecita. Veo sus fuertes dedos temblando. No acierta.

»—¿Qué me espera, Mikel?

»—Un juicio.

»—Un juicio es la muerte.

»—¿Y qué puedo hacer yo?

»Le miro angustiado y le oigo murmurar, pensaremos algo, mientras abre las esposas y yo recupero la sensación de libertad,

»—es curioso, Mikel, sin la pulserita me siento tan persona como tú y sin embargo sigo siendo tu prisionero.

»Mikel me mira. Está jodido.

»—No eres mi prisionero.

»—Pues ya me dirás.

»—Te lo digo. Si acaso eres prisionero de algo es de tu falta de conocimiento.

»—Siempre has sido un padre para mí.

»—Déjate, anda.

»Ahora mismo podría escaparme. Mikel, que no está para nada, se ha descuidado y la culata de su Parabellum es una tentación en su cinto, sobre los riñones.

»Me levanto y paseo el cuarto arriba y abajo.

»—Cierra la puerta y estáte quieto —me ordena Mikel, que sigue sentado en el borde de la cama con la cabeza hundida entre los hombros.

»Obedezco.

»—Vendrá Papadoc.

»—Un alto honor —ironizo—. Se lo dices de mi parte. Puedes decirle también que puede ahorrarse la molestia.

»—Yo no estaré.

»Mikel esconde la cara. Sentado como está, con la cabeza colgando, sus lágrimas pierden los caminos. Quiero decir que caen sobre las baldosas, gruesas gotas que destilan el dolor de mi hermano. Ahora mismo le abrazaría y le diría no te preocupes, tú no tienes la culpa, en realidad nadie tiene la culpa, las cosas son como son y nada más. Le diría además, por si le servía de consuelo, que estoy viendo una larga procesión de imágenes. Las personas que dan vida a estas imágenes eran para mí seres de una transparencia definitiva en sus intenciones, en el amor que nos profesábamos, Mikel no me hagas llorar, que prefiero seguir pareciéndote un cínico irresponsable antes que derrumbarme. Era nuestro mundo, Mikel, sólido y simple, sin las complicaciones que cayeron más tarde sobre nuestras cabezas, que si la tiranía del centralismo, que si la Patria y la libertad del pueblo. Estábamos unidos. Una piña éramos, Mikel, tú lo sabes, a pesar de nuestros enfados. En cambio ahora ya ves los papelitos que hemos de representar, tú el verdugo y yo la víctima.

»—Estarán los del comando y Papadoc. Hablarás ante ellos, que son los que han de decidir qué se hace contigo. Pero hazlo. No me jodas con tus sarcasmos, que te conozco. Cuéntales todo lo que te ha pasado.

»Mikel levanta la cabeza. Tiene los ojos como tomates y le tiemblan los labios.

»—Hazlo, Josechu. Tienes que defenderte.

»—No me entenderán.

»—Eso está por ver. Tú explícate. Trata de convencerlos de que la razón está de tu parte.

»Se levanta, echa su brazo sobre mi espalda y yo me siento un niñito indefenso entre su fortaleza. Temo derrumbarme cuando oigo su voz empañada, Josechu, diles eso de la gaviota que me contaste. Lo de Begoña. Todo.

»—Ellos tienen sentimientos —añade.

»—Pero los ocultan como quien se tapa las vergüenzas.

»Vergüenzas o vicios inconfesables, lo sé, Mikel. No trates de convencerme. Lo sé por experiencia. Ellos huyen de Dios. Y lo saben, Mikel. Igual que lo sabes tú, que tampoco harás nada para arrodillarte y pedirle perdón a tu conciencia.

»—Quizá tú nos hagas reflexionar a todos.

»—Imposible. Está por medio el orgullo del guerrillero. El juramento prestado, el miedo a lo que les pueda pasar.

»Las voces suben de tono al otro lado del tabique. Oímos la de Gayolita, sin entender del todo lo que dice, pero grita como una condenada.

»Pregunto a Mikel:

»—¿Qué le pasa a ésa?

»—No quiere tomar parte en el juicio. Dice que es una farsa.

»—Deja que hable con ella. Acabará por hacerme caso.

»—Lo intentaré. Pero ten en cuenta que si se niega a juzgarte se retrasará el juicio. Quizá ni se celebre.

»—Soy culpable, Mikel. Os he traicionado y sé lo que merezco.

»La disputa sigue al otro lado del tabique y Mikel vuelve a derrumbarse. Ahora le veo hojear la Biblia de espaldas a mí, la culata de la pipa al alcance de mi mano, qué raro, pienso, porque Mikel de tonto ni un pelo, ¿qué diablos se propondrá?

»—¿Lees esto?

»—Sólo los evangelios. Me recuerdan otros tiempos.

»—Si te sirve de algo...

»—Consuela.

»Eludimos las palabras. Ahora mismo yo le preguntaría por Zin, cómo ha tomado lo mío. Si está conforme con lo de las bolas. Demasiado teatral lo de la bola blanca y la bola negra. Por un momento me parece ridículo que la vida de una persona dependa de un simple color. Porque ¿qué es en realidad un color? El profe de Física nos decía que los colores no existen y que el negro, precisamente el negro, era la ausencia de color, es decir, la negación de la vida.

»—¿Te acuerdas del concurso de pintura que gané en El Corte Inglés?

»Mikel me mira extrañado.

»—Sí. Por qué.

»—Pensaba en las bolas blancas y negras. ¿Qué tendría yo, siete años?

»—Seis. Fue el año que hice yo el ingreso en el Instituto. Tú pintaste un arco iris.

»—Todos los colores excepto el negro. Ya ves.

»Me sale la pregunta sin darme cuenta, ¿y Zin? No pregunto por Mostachos, no, sé lo que piensa de mí y respeto su opinión, nada que reprocharle, ni me interesa lo que tiene decidido hacer conmigo Papadoc. Pregunto por Zin porque me acuerdo que él concursó conmigo y que pintó una cara horrenda con carboncillo. Excepto el negro, no usó ningún color.

»Mikel sigue callado con la Biblia en las manos. Mira absorto el volumen, de tapas achocolatadas y letras y filetes de oro, le da vuelta, lo deja descansar sobre la palma de la mano como si lo sopesara.

»—Madre no sabe nada de lo tuyo —dice sin mirarme.

»—Ni falta que hace. Yo he intentado verla pero la autopista estaba llena de coches patrulla.

»—¿Entonces?

»—Dile lo que te parezca. Que he sufrido un accidente. Lo primero que se te ocurra.

»Dejamos transcurrir unos segundos y yo pregunto:

»—¿Cómo está?

»Mikel se encoge de hombros, hombros desalentados que expresan la soledad de nuestra madre, quizá su próxima muerte, y la soledad en que va a quedarse él.

»—¿Sabes quién va a verla a veces?

»Claro que lo sé. Pero me lo callo. Yo alargo el brazo y tomo el libro de la mano de Mikel. Mis pulpejos acarician el pequeño surco de las letras doradas, el relieve que hay en la tapa con las

Tablas de la Ley y los diez mandamientos en números romanos.

»—No sé —miento al final.

»—Begoñita.

»Oigo quizá por última vez su nombre en boca ajena.»

Les sorprendió la tormenta a la salida de la ciudad. Destellaban secos latigazos sobre el vehículo, que se abría paso entre la doble estela de las ruedas delanteras. Arreciaba la lluvia. Espesa, dura, rebotando rabiosamente sobre la base, estrellándose contra un parabrís poblado de esplendentes estrellas de agua. Estrellas vivas.

La pregunta de Mikel rompió el agobiante silencio:

—¿No tienes nada que decir?

Josechu hizo un amplio ademán de impotencia, cómo explicárselo, a él ni a nadie, ni siquiera a mí mismo, cómo decirle todo lo que llevo dentro.

Dejó resbalar el cuerpo en el asiento en el preciso instante del fogonazo, cárdeno, cegador, seguido de un trallazo desgarrado que le obligó a volver la cabeza.

—Podrías explicarte.

—¿Qué quieres que te diga?

—Todo. Quiero saberlo todo. Dónde has estado desde que saliste de casa esta mañana, qué te ha pasado con Begoña.

Mikel trató de hacerle comprender a su hermano el peligro que estaba corriendo, le dijo que había dejado de ser libre y que toda la policía estaba siguiendo su rastro.

—Cualquier fallo, la menor imprudencia que cometas puede ponerlos sobre tu pista y entonces nos comprometerías a todos.

—Tampoco hay para tanto. Tú me has dicho que hiciera mi vida normal y he ido con Begoña a tomar una caña al Paseo Marítimo, donde vamos casi todas las mañanas. He provocado una discusión con ella adrede.

—¿Adrede?

—No quiero comprometerla. Entonces se ha presentado Iñaki. Me he cabreado de verdad, lo reconozco. Y se ha largado con él. Luego Zin ha hablado de tomar unos potes. No hay nada más.

—Estás medio borracho.

—No volverá a pasar. Descuida.

Mikel recordó la tarde en que su padre le había preguntado tímidamente si como sospechaba pertenecía a la Organización, ¿estás con ésos? Se miraron en silencio. Lo sabía, hijo, lo que no puedo asegurarte es si haces bien o haces mal. El hombre apocado que había sido siempre se había convertido en un viejo derrotado que no esperaba nada de la vida. Le habló de su hermano, tío Luis, demasiado conoces la historia, hijo, fue un socialista de aúpa en su tiempo. Tres años de cárcel le costó la broma. Y ya ves, luego hizo una fortuna con Franco. ¿Le oíste tú alguna vez hablar contra él? ¿Qué hace cuando le mientas sus tiempos de rojez? Se ríe. Dice que son pecadillos de juventud. En cambio yo, ya ves. Cuatro años menor que él, sin haber hecho la guerra, ni carne ni pescado. Podría haberme situado y todo me ha salido mal. A mi granja, pues, me dije. Puede que sea mi sino, porque yo creo que cada persona nace con un sino marcado en la frente. No lo sé. Pero me resigné. A todo estoy resignado. Incluso a que me maten a los hijos en cualquier calle. Porque Josechu seguirá tus pasos. Hará como tú. Recuerda el día que te lo digo, Mikel. Sólo que no me extrañaría que asistieras a sus funerales. Es demasiado impulsivo.

—Demasiado impulsivo, Josechu. No se puede ser así. Hay que tener pies en el suelo, los nervios bien amarrados y la cabeza aireada. ¿Entendido?

—De acuerdo.

La lluvia sacaba brillo a los prados y ameraba las tierras de labor, las esponjaba. Un Josechu absorto miraba los espejeantes charcos, el vuelo parabólico de los vencejos entre la cortina de agua, los bosques de chopos de un verde negruzco de puro saludables. Pensaba, qué va a pasar ahora, y cerraba los ojos al recuerdo de la imagen del coronel Sanromán con sus prismáticos, tan confiado él...

—Pero tenía que hacerlo —gritó tratando de justificarse—. Tenía que demostraros a los de la Organización que soy tan capaz como el primero.

Durante la pausa abierta tras la explosión de sinceridad de Josechu, Mikel había dejado de pensar puesta toda su atención en el rumbo a través del mar en que se había convertido la carretera. Como si el coche fuera un barco.

Luego dijo:

—He hablado con cierta persona de la Organización. Un hombre muy importante.

—Y qué.

—Quiere conocerte.

—¿Cuándo?

—Hoy mismo. Esta tarde.

—¿Pensáis reivindicar la muerte de Sanromán?

—No. Y deja de hacer preguntas. En seguida que lleguemos a casa te acuestas. Te conviene estar fresco para después.

Se durmió con la pregunta de la madre incrustada en la cabeza como un tiro de gracia, ¿cómo es que no trajiste a Begoñita, Josechu?, con la cuajada tan rica que le había preparado. Begoñita, los ojos de Sanromán, aquella enorme gaviota que crecía y crecía hasta oscurecer el mundo con la sombra de sus alas, que escoraba y se perdía mar adentro, aquella gaviota solemne amenazándole desde su ausencia, advirtiéndole, recriminándole, qué has hecho Josechu, cómo has podido llegar hasta el crimen.

El cielo estaba muy azul cuando se despertó. Era un gran cuenco de porcelana recién lavada con desflecados manchones de algodón a la deriva, merengues que se fundían lamidos por el poniente, copos de azúcar como los de la feria. Olía a tierra mojada y el vaho del establo ascendía denso y cálido como un aliento de recental. La ducha le había refrescado y la tensión siguió la curiosidad por lo que iba a suceder en la entrevista.

Mikel le esperaba en el coche. Agur, ama. Le pareció a Josechu que su beso profanaba la frente de la madre. Y de nuevo en la carretera, esta vez en dirección a la ciudad.

A la entrada les pararon dos veces. Documentación. A ver, la del coche. La metralleta había metido su ojo aniquilador en el vehículo y les miraba. ¿Adónde van? Mikel cogió unos papeles de la guantera y quiso mostrarlos al policía, yo al trabajo, dijo, mi hermano no lo sé, él se lo dirá. Qué sangre fría la de Mikel, pensó orgulloso Josechu. Y esperó a que el nacional le preguntara para mentirle una sonrisa frívola y la respuesta preparada, los amiguetes, hay que aprovechar la vacación. Pero el nacional les dejó ir, qué fácil engañarlos, se dijo, al fin y al cabo son gente de campo.

Silencio en las calles de sol. Un sordo pavor rasgado a veces por la sirena histérica del vehículo policial, ¿adónde irán?, por el recelo de la mirada, un pavor que se acentúa ante la presencia de un unifome de cualquier color, verdoso, azul, amarronado.

Josechu:

—Andan como locos.

—Gracias a ti.

—No me jodas, Mikel, que tampoco es eso. ¿O vas a decirme que el terror lo he inventado yo? El terror existe desde que el mundo es mundo probablemente porque la humanidad necesita de él. Pero en esta ocasión sois vosotros los que habéis despertado a la bestia dormida, que puede ser la peste o el pánico a los milenios. La habéis despertado y la dejáis suelta por la calle para espantar a la gente.

Josechu siguió como si hablara consigo mismo, la bestia, que en este caso es el terrorismo, es un ser legendario y por eso precisamente más temido. Porque además es impalpable. ¿Te imaginas lo que ha de ser luchar contra un enemigo invisible? Yo creo que lo que pasa es que el ser humano desea la presencia del terror. Inconscientemente, pero lo desea. Aberrante, pero ¿qué otra explicación cabe? A ver, di.

—Puede que tengas razón.

—Tú fíjate. La bomba atómica. Ése, ése es el verdadero mito del terror de nuestro tiempo. Vive y crece ajeno a nuestra voluntad y a la de sus creadores. Es algo muy parecido al coco de los niños, que tiene su razón de ser en los miedos infantiles y que se alimenta de ellos. Es algo irracional.

—Sí, quizá.

Mikel, su ceño fruncido como si le costara comprender los argumentos de su hermano. Mikel, un hombre de una sola pieza, pero poco imaginativo. Como no le gustaba estudiar se quedó en reválida de cuarto. Josechu observó el entrecejo de su hermano, obtusamente cerrado. Lo más probable es que ni me entienda, pensó, pero ¿qué otra cosa es el terror que un pánico supersticioso? Quizá haya en ello un cierto componente religioso, porque los grandes sacerdotes del terror atómico siguen

existiendo. Salen a diario en los periódicos. Brez-
nev, ahora Reagan... Son los herederos del hechicero de la tribu, y de la misma manera que el hechicero tenía a la tribu medio loca de miedo,estos
tíos de hoy nos alienan, los muy jodidos. Además,
marcan la pauta. Ponen a nuestra libertad los lí-
mites que les viene en gana. Los nuevos Zeus,
amos y señores del rayo atómico, siguen estando
investidos del mismo poder sacerdotal que tenía el
hechicero, porque la gente necesita del miedo y
del tío capaz de suministrarles ese miedo.

—Ya hemos llegado.

—¿Vive aquí tu personaje?

Mikel se encogió de hombros.

—Nunca he sabido donde vive. Ni me importa.

—Perdona, hombre.

—Me jode tu impertinencia. Además, tienes
que aprender a no hacer preguntas. Anda, vamos
allá.

El sol de atardecida doraba la empinada calle
sin asfaltar. Dos sombras alargadas avanzaban
juntas, recia la de Mikel y esbelta, casi frágil, la
que proyectaba el cuerpo de su hermano. Frente
a los humildes portales a los que el encalado
daba un vago aspecto de palomar, griterío de
niñas. Más abajo, al final del desmonte poblado
de hierbas crecidas entres cascotes y montones de
basura, unos arrapiezos descalzos jugaban al
fútbol con una pelota desinflada. Bar Esquivel,
comidas económicas.

—Espérame aquí —dijo Mikel.

Josechu observó los techos de la ciudad, envueltos en el casquete de porquería negruzca. Al menos aquí arriba se respira, pensó. Una quinceañera espigada volvió la cara al pasar junto a él y le miró a los ojos buscando guerra, carne de burdel, se dijo, y qué rematadamente puerca es la sociedad. Empezaba a sentirse incómodo en la espera y recordó sus tiempos de colegial, cuando el jefe de estudios le acompañaba al despacho del director casi todos los días por indisciplinado, ¡Josechu! Era Mikel quien le llamaba desde la puerta del bar Esquivel.

—Vamos entra.

Moscas lustrosas pastando en el mostrador de baquelita azul. Una cara aplastada, ¿qué va a ser?, la mesa del subastado. Tuvo que esforzarse lo suyo para no derribar la silla del amputado, que protestaba porque le habían hecho polvo las cuarenta. Un mirón con el pito en los labios le sonrió, felices los tíos, quién pudiera.

El tubo se convertía al fondo en una pieza cuadrada con poca luz. Y allí estaba él, sentado en la mesita de la derecha, remangándose las mangas de la camisa.

—Es Josechu, mi hermano —dijo Mikel.

Un roble, el tío. La palma de su mano quemaba y sus dedos parecían garfios.

—A mí me llaman Papadoc —dijo la voz de metal.

—¿Papa...?

—En realidad es Papa Doc. Pero queda en Papadoc.

Risa franca ante el estupor de Josechu.

—No me preguntes por qué. ¿Queréis? Ducados en los labios.

Mikel:

—Si prefieres quedarte solo con él...

—Tiempo habrá.

Papadoc escrutaba el rostro de Josechu como quien analiza un cuadro antes de decidirse a extender el talón.

Mikel carraspeó:

—Explícale, hombre. Dile por qué hiciste lo de Sanromán.

—Déjalo.

Cuello de toro, sólida cabeza de pelo entrecano corto y áspero, mirada gris que obligaba a Josechu a abatir la cabeza como el que se avergüenza de su poquedad.

—¿Te quedas con nosotros?

—Es lo único que deseo.

—¿Por qué?

—La verdad es que no lo sé muy bien. Quizá me atrae la lucha.

—Está bien. Empezarás con los de información. Pero tendrás que vivir conmigo algún tiempo.

—De acuerdo.

Enmudecieron cuando llegó el de la barra con las tacitas de café.

—Mikel te acompañará al piso —dijo Papadoc cuando de nuevo se quedaron solos—. Si todo va bien, te embarcarás en septiembre.

—¿Embarcarme?

—Sé que te gusta el mar.

—Sí.

—¿Te mareas en una barca de pesca, por ejemplo?

—Creo que no.

—Bueno. Las armas no llueven del cielo como el maná. Nos las trae el mar. ¿Comprendes?

—Sí, claro.

En el marco de la puerta se recortaba una figura de hombre. Fornida también, aunque de cabeza pequeña y facciones agitanadas. A Josechu le llamó la atención el negro bigote asilvestrado.

Mikel le saludó levantando un dedo, señal que fue captada inmediatamente por su hermano. Entonces Papadoc preguntó a Josechu:

—Qué te parece. ¿Se conocen?

—No comprendo.

La mirada de Papadoc se hizo dura.

—Está bien —dijo. Y sus ojos se achicaron, mientes, decían entre la rendija de los párpados, y no me gusta que nadie desconfíe de mí.

—Se conocen —rectificó en seguida Josechu—. Mi hermano al menos le conoce. Al del bigote quiero decir.

—¿Y el del bigote? ¿Conoce a tu hermano?

—Pues claro.

—¿Cómo puedes asegurarlo?

—No sé. Me lo da el corazón.

—Desconfía de tus corazonadas. Y hasta mañana. Mostachos te dejará en casa. O donde quieras. Mikel y yo nos quedamos un rato. Agur.

Ni él ni Mostachos despegaron los labios mientras el coche de éste descendía por la empinada carretera hacia la ciudad. Sólo cuando Josechu le dio las gracias, en una plazoleta ruidosa de pájaros, Mostachos le devolvió el cumplido con una sonrisa de dientes feroces.

Oscurecía.

»—Quiero estar solo —digo a Mikel, y le pregunto a continuación qué hora es, como si el tiempo tuviera importancia para mí.

»—Casi las once. Papadoc no puede tardar.

»Le veo salir. Destrozado, como si la cosa fuera con él. Al llegar a la puerta se vuelve, quizá impulsado por el deseo de mirarme, mas no se atreve y baja la cabeza. Mikel, no me lo pongas más difícil, estoy a punto de decirle, pero le doy la espalda y me siento en la cama con *el libro* sobre las rodillas, qué liviano, pienso, y sin embargo a cuántas personas ayudó a morir, cuánto consuelo vertido sobre la angustia y la incertidumbre.

»Aprieta el calor en este cuartucho insonorizado. A estas horas de la noche, vísperas de Nochebuena, la gente respirará alegría en sus casas. Habrá nuevos olores. Y la ilusión del regalo envuelto en papeles de oro, qué no te habría comprado yo, Begoñita. Me sube el nombre a la garganta como un dulce regüeldo de mazapán que sé que no voy a probar. Por estas fechas solía cenar en mi casa y luego, bien abrigados, montábamos en la Ducati, qué alegre el petardeo bajo un baño de luna de metal, tan fría, el viento helado en la cara, la cabeza de ella rendida sobre mi espalda y sus brazos apresando la historia pequeñita y vulgar de nuestro amor, apretándola con fuerza para que no se escapara a nuestra memoria. Vivíamos el encantamiento de la luna, el mundo irreal de colores diluidos y formas inconcretas. Éramos sueño de la ensoñación, dos sueños lanzados en la plateada cinta de la carretera. La presencia del mar, su aroma de mujer secreta, me transportaba momentáneamente y era entonces cuando sentía sobre mi espalda los senos de ella y el pequeño foco de calor de su aliento traspasando mi grueso jersey, quemándome por dentro. Siempre recalábamos a nuestra querencia de la playa, un tibio lecho de cañas entre montículos de arena que conservaba el calor del día como si fuera un organismo vivo. Oíamos los embates tranquilos del mar, un jadeo repetido y eterno. Mientras avanzábamos cogidos de la mano, pálidos de luna como dos desangrados, no nos atrevíamos a mirarnos. Quedaban atrás nuestras huellas, todo un poema de amor escrito en la arena, como quedaba atrás el día muerto, borrado como el resto de los tiempos por la segura esperanza de un mañana vivo en los dos. Mirábamos el mar o el mar nos miraba, su mano apretando la mía, dedos helados, la presencia de una uña que se clava en mi piel, ¿no te da miedo el mar por la noche? No nos bañábamos porque no era tiempo, pero recordábamos las noches de verano, una en particular, en la que yo le pedí que se desnudara por completo. Se lo rogué mirando las gotas de luna que resbalaban por su cuerpo joven y fresco. Gotas de luz. Hazlo por mí, Begoñita, desnúdate, me gustaría ver tu cuerpo para tenerlo siempre aquí, y me toqué la frente, sería tu mejor fotografía. Se desnudó. Dios mío, que hermosa obra la tuya. Ninguno de los dos nos atrevimos a desvelar el misterio. Ni ella lo quería, nunca quiso, ni yo habría podido torcer su voluntad. Cuando nos casemos, Josechu, es mejor. Estoy segura de que será mucho mejor.

»Y el regreso, borrachos de luna y de besos, olorosos de mar, heladas las carnes y los deseos.

»Hay realidades a las que resulta imposible sustraerse precisamente por ser sueños. No es posible vivir cabalmente sin ciertos sueños: los seres que regalan su sonrisa a nuestra tristeza, la primera búsqueda del placer en el cuerpo de la mujer-niña, sin llegar a la profanación, como en aquellas noches de luna yacente, rendida sobre las aguas, iluminándolas como Begoña iluminaba mis dudas y las transformaba en evidencias primarias, lo nuestro es más importante que hacer el amor, Josechu, lo nuestro es el amor, ese milagro.

»Ese milagro de armonía, que ni es la fuerza de la costumbre ni consiste en abdicar de uno mismo, sino que nace insensiblemente de los pequeños actos cotidianos, ¿te apetece, Begoñita?, y bebes con ella de la misma botella de Coca-

Cola, o, espera, te quito el barro, y sabes que ella siente la punzada en su misma piel cuando sus uñas presionan sobre el granito, lo vacían. Era nuestro milagro particular, rotundo y pleno, y como era un milagro no lo sentíamos como tal, que en eso está la verdadera esencia del milagro. Era así porque así era. Inaprensible por sencillo. Ignorado de puro sabido.

»Pero yo me vacié de sueños demasiado pronto. Me cercaba la violencia y mis sueños se hicieron de violencia y muerte, nociones a las que me asomé temblando de ira. ¡Pero es ira santa!, oía decir. Lo demás es egoísmo: tú y tu amor. Y mientras me sentía cada día más vacío, la violencia crecía a mi alrededor como una hiedra venenosa que nos estrangulaba a todos, que nos hacía perder la cabeza con su tufo de sangre.

»Fue cuando empezaron mis reservas, ese otro veneno que si se diluye en la sustancia del amor termina por destruirlo. Pero ¿cómo explicarle lo que me proponía hacer con Sanromán? ¿Cómo decirle, por mucho que la quisiera, mañana te acariciarán unas manos manchadas de sangre? ¿Y las ausencias? Perdona, Begoña, estaba distraído. No basta, me decía ella, y eso mismo pensaba yo, no puedes ignorar que el cadáver de Sanromán destruiría tu condición humana, Josechu, por muy patriota que te sientas.

»Cuánto has cambiado en unos días, me decía ella, no pareces el mismo de antes. Y es que me convertí en un tipo violento. Hasta mis caricias se hicieron violentas, o destempladas por las cuatro copas, que ya no eran cuatro porque tenía que olvidar mi propósito de matar a un hombre.

»Pienso que debería decirle a Begoñita estas cosas y llamo a la puerta del cuarto. Me abre el Mostachos, qué quieres ahora, me pregunta el desprecio verdeoliva de su cara.

»—¿Puedes darme un bolígrafo y un papel?

»—Eso no es cosa mía.

»—Hazme ese favor, hombre. Yo lo habría hecho por ti.

»—Lo que tenías que hacer por nosotros ya lo has hecho, cerdo. Si quieres se lo diré a Papadoc cuando venga. Pero ¿qué coño pasa aquí?

»Mostachos me da un violento empujón al verme sin esposas. Mientras cierra la puerta con llave le oigo exclamar:

»—¡Me cago en la leche, ya lo ha soltado el Mikel!»

Irás con Gayola, le dijeron, y respiró tranquilo porque aquel diablo de mujer, todo diablo cuando actuaba, aquel diablo conocía todos los escondrijos, todos los trucos, se movía con una rapidez pasmosa, estaba en contacto permanente con los grupos de apoyo, activos y de información y, lo más importante, nunca perdía la cabeza.

Mostachos le dio las últimas instrucciones:

—Tú esperas tranquilamente en el kiosko de prensa que hay en la esquina. La verás llegar en un Mini rojo. Sólo tienes que subir aprovechando el semáforo.

—Pues sí que es trasto para correr un Mini.

—Lo robamos anoche. Rojo, para que llame la atención de la gente y lo busque la bofia mientras vosotros navegáis en un Dodge que os esperará donde sabe Gayola. Así que tú tranquilo. Por correr no quedará.

Habían dormido en uno de los pisos del comando y se aseaban en el reducido cuarto de baño, Mostachos rasurando su barba con una navaja cuya hoja desaparecía en la espuma como si estuviera cortando un pastel de nata, y él bajo la ducha, con los labios entreabiertos inundados por el tibio chorrito, el último.

—¿Quién lo hará? —preguntó Josechu remetiéndose la punta de la toalla en la cintura.

—A Gayola le pesa demasiado la culata. Tú en cambio tienes buenas piernas.

—Sin embargo Gayola es una mierda con el rollo en la mano. Sabes que conduce muy mal.

Mostachos le miró por el espejo y su mirada decía ya quieres escurrir el bulto, niño bonito, pues arregladlo a vuestro gusto, masculló, y siguió apurando el garguero con la punta de la navaja.

—¿Y después?

—Eso no es cosa vuestra. Después ya habrá alguien esperándoos para poneros en lugar seguro.

Desde la ventana de su cuarto Josechu veía levantarse el día, sobre el que se perfilaba la nube que cubría la ciudad, una neblina oscura. En la cubierta del mercante que había abajo, como si alguien lo hubiera aparcado junto al bordillo, muñecos desganados de movimientos torpes empezaban a faenar. Circulaban los primeros autobuses, los que iban a los astilleros, y en el cafetín de enfrente Polo, el dueño, levantaba el cierre. Una luz espesada de ocres inconcretos pugnaba por atravesar la suciedad que se cernía sobre azoteas y tejados pudriendo cuanto tocaba.

Ajustó sobre la camisa de franela gris la banda de la Parabellum y se puso encima una cazadora negra.

—¿Se nota mucho el bulto? —preguntó a Mostachos, que meneó la cabeza como quien no acaba de aprobar.

—Mejor el tabardo. Vas más suelto.

Minutos después bajaba los escalones de dos en dos, es lo difícil, pensó recordando sus días de entrenamiento en San Juan de Luz. Tomó un conleche fuerte de café con Polo, que apestaba a cazalla y que protestaba desde su afonía, qué mierda de negocio, te lo juro, ¡eh!, te juro que como sigan subiéndome los impuestos estos del ayuntamiento democrático cierro y me largo al pueblo, allí al menos se respira.

—¿Y qué harás allí aparte de respirar? ¿Cultivar cardos borriqueros?

—O desvirgar micos. ¿Y a ti cómo te van las representaciones?

—Regulín.

Narices amoratadas de frío, la resignada cola

esperando el autobús, los primeros camiones de pescado, un barrendero viejo orinando vapor en una esquina, felices fiestas de nieve plástica en la luna de un escaparate de pastelería. Veía la película desde el interior del taxi. Otra Navidad. La de cosas que habían pasado desde el último mes de julio. Saldo positivo. ¿O no? Según se mirara. Ahora Josechu formaba en las filas de los héroes de carne y hueso. Era un ser misterioso. Una sombra temible. Estaba aquí o allá, desaparecía y reaparecía. Viajaba a Francia con frecuencia, llegaba a casa sin avisar, ¿qué te traes entre manos, hijo?, le preguntaba su madre cuando se quedaban solos, negándose a aceptar que su Josechu fuera uno de ellos, fingiendo creer o creyendo ciegamente que no, Dios no lo consentiría, ni la Virgen Blanca, ¿por qué no sigues el ejemplo de Mikel?, él, bien lo sabes, formal, ayudándome aquí con las bestias y ganándose sus buenos duros arreglando esos aparatos eléctricos. Josechu sonreía, ama, tú tranquila, yo también tengo mi trabajo, lo demás son manías tuyas. Un héroe de carne y hueso. Veterano o casi, a pesar del miedo que le agarrotaba, miedo hasta de la propia sombra, miedo que superaba con el acto temerario, como cuando se puso a la amedrantada cola de los que desfilaban delante del cadáver de Sanromán aquel lejano día de agosto, cuando vio por primera vez a Papadoc. Le había dejado Mostachos en la ciudad, en una plazoleta con escandalera de pájaros aquerenciados, y anduvo un tiempo sonámbulo hasta despertar frente al edificio de Capitanía. Todas las luces estaban encendidas. ¿Qué pasa aquí?, se preguntó mirando a la gente de la cola, caras ensombrecidas, un silencio de espinas heladas, y comprendió en seguida. A Sanromán, el hombre de los prismáticos, lo habían puesto dentro de un ostentoso ataúd rodeado de cirios y soldados, cubierto en su mitad inferior con una bandera nacional con escudo en oro. A través del cristal, y bañada en la luz jalde de los cirios, vio su cara de cera, se teñía el bigotito, pensó, y un gran esparadrapo en la sien izquierda, la cabeza, seguro que se la he volado. Y le entraron ganas de vomitar. Veía la gaviota por todas partes mientras abandonaba la capilla ardiente, y la cara de Begoñita, gesto desengañado, escuchaba su voz, déjame, me haces daño. Lo último que recordaba de ella era el vuelo de su falda acampanada y las cintas de las alpargatas. Mejor vivirá con Iñaki, se decía de nuevo en el taxi mirando sin ver la ruina de los establecimientos, vacíos o cerrados, el Iñaki es un tipo sin complicaciones, lo que desean las mujeres, aunque estaba seguro de que no era así. Lo sabía. Tenía la evidencia de que Begoñita arrastraba su hermoso cadáver colgado del brazo del marido, así como cansada, indiferente a todo, sin alegría, exactamente igual que el día de su boda. También se fue a la puerta de la iglesia para verla, qué jeta el Josechu, pensaban algunos conocidos, y él en cambio pensaba en la extraña fuerza que le obligaba a mirar los cadáveres que iba dejando en su camino. Primero Sanromán, después el de Begoñita, los tíos de etiqueta, qué ridículos le parecieron, y las señoras con tobilleros de gasa, empameladas, que era casi verano, por septiembre. Ella no le vio, pero le buscaba con ojos extraviados, se ha quedado en los huesos, mientras que Iñaki, que no sabía que llevaba colgando del brazo el hermoso cadáver, reía, menudo patán, la cara en tecnicolor, el pelo de peluquería cara y en los ojos el triunfo del mercader que ha rematado el negocio. Mejor una magnífica inversión, una mujer honrada que nunca le engañará, como quien adquiere una obra de arte que aumenta de valor a medida que pasa el tiempo. Ni siquiera se emborrachó el nuevo Josechu, cosa rara. Volvió al piso de Papadoc y le contó lo que había, hay que saber renunciar, ha sido tu elección, te quedaste con la Patria a cambio de una mujer, anda háblame de ella. No lo hizo. Se limitó a decir que tenía trabajo y se encerró en su cuartucho para memorizar un texto de 1964, el catecismo de su nueva religión: "Para el gudari-militante comprometido de cuerpo y alma en la GR, engañar, obligar y matar no son actos únicamente deplorables sino necesarios. En este sentido es mucho menos escandaloso fusilar traidores que fusilar enemigos. Somos intransigentes en nuestra idea, en nuestra verdad, en nuestra meta esencial. Nosotros tenemos miles de blancos para elegir el que queremos. Nos podemos permitir el lujo de atacar donde y cuando queramos. Conforme a esto, y aplicando la ley de concentración de fuerzas, atacamos un blanco bien concreto, determinado y previamente estudiado. En el momento de atacar, pues, somos más numerosos y fuertes que el enemigo. La norma es embestida de toro, defensa de jabalí y huida de lobo." Papadoc se lo confesó: el afecto que siento por ti va más lejos del que se siente por el compañero, quizá en mi vida ha faltado el hijo, no lo sé. Lo que sí te digo es que si me defraudas no tendré más remedio que pegarte un tiro. Su conciencia, una roca. Cada palabra, un balazo en el alma. ¿Esperas grandes cosas de mí? Espero que cumplas con tu deber y, si llega el caso, que sepas morir como un buen guerrillero. ¿Es pedirte demasiado? Es pedir lo justo. Lo justo. Josechu se repetía estas dos palabras cada vez que el duro entrenamiento en el área de San Juan de Luz le exigía renunciar al sentimiento de la piedad. Cuando aparecía una luz en el horizonte, semanas después, pensaba son ellos, los tenemos encima, y se disponía a disparar sobre quien fuera esperando a la embarcación que se acercaba, ahora oiremos el altavoz, ¡cabrones!, pero no, resultaba ser un bou despistado en la noche. Entonces escondía la sudada metralleta, sudor de angustia, bromeaba con los demás y concluía satisfecho, ya estamos, ahora no hay peligro. En aquellas largas noches de navegación, cargados de armas, entre la galerna o bajo un firmamento limpio como ojo de pez, cerraba los párpados y veía a Begoñita, rota por dentro, mirada huidiza que expresa no puedo más, Josechu, esto mío no es vida, qué has hecho conmigo, loco, querido loco, adorado loco. Y en aquellos momentos la volvía a ver en el taxi, ¿o la soñaba?, derritiéndosele el aliento en el portal oscuro de su casa, déjame, no puedo más, Josechu, pulso roto, un hilo de voz, no me dejes nunca, no podría vivir, y él aspirando su aroma de mar desnudo, saboreando la rendición en sus labios como espadas frías que se entregan, él, luchando contra el instinto, muriéndose de exceso de vida caliente que crece y engorda y se dilata en un engallado pene independientemente respondón al que no hay forma de acallar más que largándose, huyendo de ella, buenas noches, guapa, hasta mañana, a echar unos potes hasta que la Gloria cierre la taberna y su cuerpo transparente sea bálsamo para el mal de hombre, santo remedio.

Tenía los pies helados cuando el taxi le dejó. Caminó tranquilamente por una acera ya crecida de viandantes atareados, dio la vuelta a la manzana, tomó un cortado, aún hay tiempo, y se dirigió finalmente a la esquina, al kiosko de prensa donde compró un periódico local, no, *El País* no ha llegado aún, lo desplegó, enérgica protesta de los partidos políticos, el Gobierno y las Cámaras por el brutal asesinato... Gesto de desdén, son los tuyos, Josechu, los héroes de carne y hueso, y el rojo chillón del Mini con Gayola al volante frenando a un par de metros de él.

—¿Todo bien?

—Regular. Me han dado un cortado de cagueta.

—Pues a cagar.

Fue visto y no visto. Embocaba el Mini una calle a medio asfaltar con viviendas relativamente nuevas cuando Gayola aminoró y, sin parar el motor, dijo ahí lo tenemos, una suerte.

—Vuelvo en seguida. Tú pasa aquí, guayabete, y sígueme despacio.

Josechu protestó.

—Espera, lo haré yo.

Y ella, con un pie en el suelo, no quiero que mates, yo lo arreglo en seguida. Y la vio avanzar decidida hacia un sujeto rechoncho y medio calvo que se dirigía hacia su coche con las llaves en la mano. El disparo sonó como esos cohetes medio pochos, acorchado, opaco.

Gayola le alcanzó antes de que el otro cayera del todo.

—Arreando, guayabete. Tuerce a la derecha y sigue hasta que yo te diga. Sin correr, ¿eh?

—Eres más rápida que...

—...que un infarto. Ahora cállate y mira por donde vas. Las flores me las echas después, porque como te distraigas van a echárnoslas a los dos.

—¿Quién era?

—Un chivato. ¡Deja pasar a la vieja!

El urbano saludó cortésmente a Josechu por haber cedido el paso a un peatón que cruzaba en rojo.

«Seguro que si piden un voluntario para mi descabello sale el Mostachos. Nunca me tragó. Ha tenido celos de mí desde que nos conocimos. Cree que Papadoc me prefiere a él, con lo que lo adora. Un día se lo dije, gitano, si no fuera por la confianza que me merece el jefazo diría que tienes un ataque de cuernos. Menudo el guantazo que me dio el maldito Mostachos, pero no me volví. Lo tenía bien ganado.

»Gayolita vuelve a bramar, ¿qué dices, hijo de la grandísima?, escapar Josechu, ése es mucho más hombre que tú. Algo feo ha debido de replicarle el Mostachos porque parece que hay pelea. Ahora oigo la voz destemplada de Zin, ¡qué os pego dos tiros, eh! No sé qué le pasa a Zin. Desde que me han metido en esta ratonera, hace más de tres horas, no me ha dirigido la palabra. Mikel se ha hecho el loco cuando le he preguntado qué tiene contra mí Zin. Menuda sorpresa la nuestra cuando Papadoc reunió a los miembros del nuevo comando, el Moon, Zin se quedó mirándome como un idiota tan idiota al menos como debió de parecerle mi expresión. Lo que menos me imaginaba, le dije, mira por donde la vida nos junta otra vez, y él arremolinando las cejas como cuando está contrariado, la vida o la muerte. Tenía razón el Zin, íntimo desde que jugábamos en el patio de recreo entre sotanas llenas de polvo hasta el divertido juego del chicle y la Parabellum, un juego de muerte, y la rabia que descubrí en él contra el centralismo y sus guardias, y no lo parecía, siempre de jarana por ahí. La verdad es que nunca supe sus actividades en la Organización, no las sospeché, lo que sí sospecho es que paga de su bolsillo el impuesto de Iñaki, su hermano. Primero porque Iñaki es uno de los primeros carcas de aquí y segundo por lo tozudo que es, la prueba está en cómo se casó con Begoñita después de aguantarle tanto desaire. Porque, además, Iñaki lo único que quiere es estar a bien con Madrid, que es donde pescan sus barcas, y seguir amontonando dinero. De lo demás pasa. Por eso tengo la seguridad de que las doscientas cincuenta mil las paga Zin de su bolsillo y que Iñaki ni sabe de qué va.

»Es una forma de protegerlo, le dije a Zin en cierta ocasión, porque tu hermanito no habría pagado ni a la de tres y tú sabes que aquí el que no paga la paga. Estaba un poco alegre y se rió, las cosas que se te ocurren, dijo, tú tendrías que haber escrito novelas, Josechu, y siguió riéndose hasta la congestión, pero había algo en sus ojos que lo delataba, se reían como toda su persona, bailaban como los de un negro, pero de repente se quedaban quietos un instante, una fracción de segundo, y cuando esto pasaba se le ponía mirada de caballo asesino.

»Peligroso este Zin. Carne terrorista. Yo no digo que no se tenga que luchar por la tierra de uno, únicamente sostengo que todo tiene un límite, menos por lo visto para las personas como Zin, obcecadas, asustadas por el temor de tropezar algún día con la Idea. Quizá por eso me rehúye. Sabe que si viene a mí le hablaré de aquello que más teme, mira, Zin, le diría yo, la Idea es algo que llevamos dentro todos como se lleva un embarazo. O una profecía. Un día se despierta o la pares en cualquier momento, por lo que sea, la persona querida a la que pierdes, una mala enfermedad o una simple gaviota. No sé cómo decírtelo, Zin. Lo que yo he descubierto es que la Idea es un signo de origen divino, no la misma Divinidad, eso no, ni siquiera su expresión, dejémonos de monsergas, es el signo que se funde con la naturaleza humana. Y ahora te prohíbo que te rías por lo que voy a decirte, no lo hagas porque te partiré la boca, pero has de saber que uno de los componentes de la Idea es el mandamiento que prohíbe matar. No se debe matar a nadie, Zin. No hay causa, por noble que sea, que justifique el crimen.

»Mikel abre la puerta y se queda un instante cubriendo el hueco con su cuerpo. Desde allí me suelta:

»—Dice Mostachos que has intentado escaparte. ¿Es cierto eso?

»—Mostachos está como un cencerro.

»—Entonces qué. Explícate, hombre.

»—Estoy cansado —digo. Y me dejo caer sobre la cama.

»Mikel se acerca con la pipa en la mano. Por un momento veo en él a mi padre, qué parecido tan grande, pienso, y me pregunto cómo ha podido envejecer tanto en unas horas.

»Oigo su voz como si resonara muy lejos:

»—Josechu...

»Ladeo la cabeza y le miro pero él rehúye mi mirada.

»—Si tienes algo que decirme dilo de una vez —apremio.

»—No, nada.

»De pronto me asalta una horrible duda.»

—¿Cómo es que no ha venido Burguete?

—Lo han cazado.

Desde el asiento del volante Mostachos quitó el seguro a una de las puertas de atrás para que entrara Josechu. Luego puso la primera y salió despacio para no llamar la atención.

—¿Cómo os ha ido? —preguntó a Gayola, que se había sentado a su lado.

—Bien. Trabajo hecho.

—Pero ¿bien hecho?

La Gayola se disparó, hay que ver qué mala leche gastas, gitano, ¿no te digo que ya está hecho?, pues déjalo y cuéntanos qué ha pasado con Burguete.

—Lo han hecho pedazos.

Josechu aferró el hombro de Mostachos hasta clavarle los dedos.

—Habla ya, no seas jilipollas. ¿Cómo ha sido lo del Burguete?

Después de sacudirse la garra, Mostachos le ordenó que se quedara en su sitio, como un buen chico, nene, te recuestas tranquilamente, pegado al respaldo, eso es, decía sin dejar de observarle por el retrovisor, como si fuéramos gente decente, buenos amigos que van de paseo.

Calló y pisó el acelerador, con lo que el Dodge fue ganando velocidad ya en la autopista.

La Gayola suspiró con fastidio.

—Le gusta darse importancia —dijo encendiendo un ducados y pasándoselo a Josechu.

—No es eso. Lo primero, primero. Y primero que todo son las órdenes. Os separaréis. ¿Está claro? Dejaré al nene en un sitio y a ti en otro, Gayola. Y no os comuniquéis para nada. ¿Entendido?

Gayola:

—Pero ¿por qué? Ha salido todo perfectamente. Estamos a salvo. ¿Qué diablos pasa?

—Órdenes de Papadoc. A propósito, y esto es lo segundo, a las ocho en punto nos reuniremos en su piso.

Silencio. Y las palabras sentenciosas de Mostachos.

—Burguete se lo ha buscado. Era un golfo.

—¡Era un compañero! —exclamó Gayola.

—De acuerdo, pero un compañero golfo. Y putero como hay Dios. ¿O es que no lo sabéis?

El Burguete, continuó Mostachos masticando con rabia las palabras, era un aventurero. Medio mundo se ha corrido dando tumbos de acá para allá, hasta que conectó con la mafia de los marselleses, ¡el muy macarra! Nadie supo cómo vino a caer por aquí. Dijo después que no había nadie como él al volante de un coche, añadió misterioso:

—Hay una tía de por medio. Una camarera de ésas.

—¿Y tú cómo lo sabes? —preguntóle Josechu.

—Porque le sigo los pasos.

Se calló que también se los seguía a él. Y que le había visto frente al cadáver de Sanromán, blanco como el papel estabas en Capitanía, nene, y dejó escapar una risita impertinente mientras pensaba que también le había visto entrar en un hotelucho magreándose con Gloria, la hija de Maite, la de la taberna, y dentro del coche, a un centenar de metros del parvulario en el que trabajaba Begoña, pero no te atreviste, te conformaste con verla salir cargada de libros y mirar la gracia que tiene la nena meneando el culín mientras corría hacia la esquina donde le esperaba el marido.

Opinó la Gayola que aquello no era decente.

—Porque si has seguido a Burguete igual podrías haberme seguido a mí. O a éste.

—Tú piensa lo que quieras. El pensar es libre.

Después de tomar una salida, el Dodge descendió en dirección al mar, apenas una pincelada azul entrevista a lo lejos.

—Resulta que la camarera tenía un chulo —explicó Mostachos—, y Burguete, sabiéndolo, siguió jodiendo con ella. El muy animal.

—Fue el chulo, ¿no? —preguntó Gayola.

—No, no fue él. Al Burguete lo ha matado la Guardia Civil. Tenía que pasar. Por lo visto quiso largarse con la tía, o ponerle un piso, vete a saber, o quizá buscara huir del chulo, y no se le ocurre otra cosa que coger la pipa y entrar en un banco, una sucursal del Bilbao. Se hizo con más de tres kilos. Tranquilamente, sí, señor. Que el Burguete sería lo que fuera pero no tenía nervios. Tenía el dinero en el bolso, pero al salir del banco tuvo un encuentro con los del tricornio. Lo volaron, claro. Solo como estaba, ya me diréis. Entonces no se le ocurre a la tía otra cosa más que salir del coche, donde lo estaba esperando, un coche alquilado, y empezar a llorar sobre los pedazos. La cuestión es qué cojones sabe la camarera de nosotros. Porque a lo mejor el Burguete, como era así con las mujeres, se fue de la lengua. En cuyo caso...

Ahora lo comprendía Josechu. En cuyo caso había que abandonar los pisos una temporada, había que dispersarse, buscar nuevos arrimos hasta que pasara el temporal. Recordó los consejos de Papadoc, grabados en una cinta que había memorizado tiempo atrás: «Si median mujeres te va a resultar mucho más difícil escapar, a no ser que sean de toda confianza. Déjalas estar, sobre todo si tienen amo aunque se trate de un manso idiota. Otra de las cosas que no puedes permitirte es el lujo del amor. Tu amor tiene que estar puesto en el grupo, en el comando, en la Organización, que es la que decide, la que vela por ti y tus compañeros. Desconfía hasta de tu propia mujer. Puede resultar traidora, imprudente o estúpida. Tenla a raya con el dinero aunque te sobre. No demuestres ningún entusiasmo por la causa ni manifiestes simpatía por la Organización delante de ella. Al contrario, disimula. Hazte el estrecho, el ordenado, el carca. Un gesto de desprecio hacia nosotros delante de ella te garantiza la tranquilidad.»

Josechu:

—¿Cómo te has enterado tú de lo de Burguete?

—La radio. No paran, los jodidos. Toda la mañana están que si el asaltante era un delincuente común fichado por los gendarmes, que si patatín. Pero, claro, está la Parabellum. Y la foto suya, que te la pondrán hasta en el papel del retrete, y alguna vez hemos ido juntos por ahí.

Mostachos volvió media cara hacia Josechu, por ejemplo, yo te he visto con él alguna vez, nene.

—entonces yo digo, ¿quién me asegura que no te ha visto la camarera de los cojones? Así que...

¿Qué trataba de decir? ¿Que Josechu les había comprometido? ¿Que pensaba matar a la camarera? El Dodge dejó atrás una idílica aldea dormida bajo el sirimiri que se desprendía blandamente de las nubes bajas y plomizas y se detuvo frente a un viejo caserón.

—La pistola, nene —pidió Mostachos alargando la mano.

—¿Piensas dejarme aquí desarmado?

—Es gente de confianza. Y yo cumplo órdenes.

—¿Órdenes de quién?

—De Papadoc. ¿Lo quieres más claro? Ah, y toma este carnet. Ahora te llamas Tomás. Tomás Echagüe Ramos.

Señaló una furgoneta gris que había debajo de un cobertizo de paja.

—Mira, Tomás. Tienes el depósito lleno. A las ocho en punto, en el piso de Papadoc. Si hay contraorden lo sabrás. Y no me hagas ninguna tontería.

La Gayola protestó, ¿y a mí, dónde me llevas a mí? Pero Mostachos no le contestó porque en aquel momento salía por la puerta del caserón un viejo campesino con la nariz comida de bubas, ¿eres Ramiro?, y el Mostachos, pues sí que pierdes vista tú, cegato, más que cegato.

—¡Ah, Ventura, por la voz te reconozco!

Olía a humo de leña mojada cuando Josechu entró en el caserón precedido del viejo de las bubas.

«Qué tiempos, Mikel, Begoña y yo tomábamos la cesta y nuestro joven amor y tú cargabas con las cañas de pescar. Nos acogía el remanso de cristal, y no es tópico, porque entonces las aguas de aquel río todavía estaban limpias como una luna de espejo, ¡aquí llegan!, gritabas soñando truchas, y Begoña corría entusiasmada sobre el légamo de las lanchas, ¡que te vas a partir la cabeza!, y yo la alcanzaba jugándome un fémur o un peroné, con la esperanza de rozar uno de sus pechos con el codo. Pecho de niña o capullo sin cuajar, no lo podría decir, pero que sin embargo vibraba, te aprovechas, Josechu, y eso no está nada bien, es pecado. Entonces la colegiala se ponía la máscara del enfado y se sentaba sobre la hierba, ya no quiero pescar, ¿ves?, y lo hacía para que yo la mimara, venga, Begoñita, que no hay para tanto, y terminaba besando sus párpados, húmedos de ilusión de pecado, ¿estás más contenta?

»Mikel, todo pasa. Acabo de leerlo aquí, en la Biblia. Sólo permanecen las obras. Me gustaría que meditaras sobre esto porque te veo muy confundido, como si fueras a perder la razón, Mikel, y no me gustaría, créeme. Es bueno recordar. A mí me consuela porque recordar es a veces salir al reencuentro de la inocencia. Tú llevaste siempre las cañas de pescar. El peso, Mikel. Y sé que lo hiciste por mí. Ya ves cómo me acuerdo de todo. Pero los recuerdos no cuentan a la hora definitiva, cuentan las obras, lo que realmente dejamos en los demás. Y a mí me gustaría saber qué piensas dejar en mí, tu hermano menor, el hermano bíblico. ¿Qué me dejas en herencia? ¿Tu propia perdición? ¿Un balazo en la nuca?

»Te has marchado sin decirme nada. ¿Qué pasa, Mikel? Cualquiera diría que me tienes miedo como Zin. ¿O es que ha sido tan importante el telefonazo? Me aseguraste que venía Papadoc y me has dejado en el piso solo. Me tienes en vilo. Si ha de haber juicio dímelo. Y si el telefonazo es de Zin y dice que ha denunciado el piso a la policía para que sea ella la que se encargue de mí, o que hay chicle detrás de la puerta y que volaré dentro de unos minutos, dímelo también. Todo menos este silencio. Nos unen muchas cosas. Mikel.

»A mí me habría gustado hablar contigo un buen rato, porque tengo algo que decirte. Yo quisiera hacerte comprender lo que te espera al final del camino del odio, ¿o es que ya no recuerdas tus propias palabras cuando, a propósito de mi carácter violento, me decías que quien siembra vientos recoge tempestades? Es el momento de que te preguntes cuál será tu cosecha si continúas sembrando de muertos tu camino.

»Gayola entra y se abraza a mí.

»—¿Dónde han ido? —me pregunta. Y yo me encojo de hombros aturdido, mirándome en el espanto de sus ojos.

»—Has estado fuera.

»—No podía aguantar más y me- he largado, pero he vuelto, guayabete, he vuelto por ti.

»Y me cuenta que ha caminado por las calles desiertas, no hay ni un alma, Josechu, como si todos los habitantes de la ciudad hubieran muerto, y es que llevo la muerte dentro. Y sigue diciéndome que hace un frío polar, la nieve cubre las calles, y que tiene mucho miedo, no es ya sólo por ti, es como un presentimiento, un mal presentimiento, sólo se ven coches patrulla.

»Le pregunto por Zin.

»—Zin es un maldito traidor. Si te hacen el juicio votará tu muerte, estoy segura.

»—Pero ¿por qué?

»—No lo sé. Lo único que sé es que tienes que escapar. Huir en seguida. Ahora mismo. Te daré un arma y si consigues llegar a un sitio seguro...

»Pongo mi mano sobre sus labios, los sello, no

lo haré, Gayolita, le digo con la mirada, y acaba comprendiendo lo inútil que sería insistir.

»Sus dedos tiemblan con temblor de mano ciega mientras palpan mi cara, te matarán. Está dolorida. Pálida como una virgen de cera, ¿qué virgen?, pienso tratando de recordar, y me viene al pensamiento una Dolorosa que tenía los mismos ojos de Begoñita,

»—¿querrías hablarle a Begoñita? Después, cuando haya pasado todo.

»—Pues claro. Pero piénsatelo. Ahora puedes huir. Podemos irnos los dos. ¡Es tu vida!

»Se derrumba, tu vida y un poco la mía, hazme caso de una puñetera vez y sálvate. Sobre la cama, donde cae sin fuerzas, es un estertor la Gayolita, con lo maja que es ella, tan fuerte, con esos nervios templados como cuerdas de guitarra.

»De pronto se levanta.

»—Alguien llega —dice—. Te daré mi pistola.

»—No.

»—Podría ser la policía. Tómala.

»—Es igual.

»Avanzo hacia el vano de la puerta y espero lo que venga con la cabeza muy alta. Unos pasos. Voces. Y las cejas arremolinadas de Zin con, al fondo, su mirada roja.

»—¿Qué diablos haces tú aquí? —me pregunta sacando la pipa.

»—Os espero. Hola, Mikel —saludo fríamente a mi hermano—, creí que no te acordabas de mí.

»Mikel, que parece muy cabreado, entra en el

86

cuarto y saca a Gayolita del brazo. Va casi a rastras. ¿Qué os pasa?, pregunta ella con el pánico en los ojos, ¿qué está pasando aquí? Entonces Mikel se cubre la cara con las manos como si fuera a echarse a llorar.

»—Papadoc —dice.

»Avanzo hacia él trastabilleando.

»—¿Qué le pasa?

»—Se ha perdido el contacto. Nadie, ningún comando sabe nada de él y hace tres horas que tenía que haber venido. En su piso tampoco está.

»Me sale un Dios mío apagado por la angustia que siento y Zin brama rabioso:

»—Tú eres el único responsable, traidor. Pero vas a pagarlo. ¡Ahora mismo!

»Zin monta la pipa y avanza hacia mí pero Mikel se lanza como una flecha sobre su cintura.

»El disparo que oigo me hace temer por la vida de mi hermano.

»—¡Mikel!»

La voz de Papadoc repetía al oído de Josechu: «Sólo a los que están dispuestos a morir les asiste el derecho a matar. Mas no te ensañes con tu víctima ni te compadezcas por haber matado. Tan peligroso es lo uno como lo otro. En muchas ocasiones parece una crueldad, como cuando has de ajusticiar a un compañero que traiciona. Seguramente te han enseñado que matar es pecado pero en la Guerra Revolucionaria todo es lícito. Y el matar, principalmente el matar, es lo más lícito porque la muerte ajena nos va quitando la vida poco a poco.»

Desde el arco románico de la puerta observaba el campo. A su lado, envuelto en una manta ratada, el viejo de las bubas farfullaba, ochenta y seis cumplí en octubre y todavía brego con las bestias.

Josechu le sonrió y, como si el viejo hubiera adivinado la pregunta pensada, que no llegó a formular, siguió hablando.

—Hijos, tres. Y una niñita rubia como el sol que se me cayó al pozo, cinco años tendría. Buenos mozos eran y la guerra se los llevó. Así que...

Dejó en suspenso la frase y añadió, es duro de pasar, concho, y sin embargo aquí me tienes. La tos de flema añadía por su parte, aquí me tienes, una ruina, un muerto más que muerto porque ni siquiera me es permitido descansar, ni mucho menos tener ilusiones, a no ser encender los candiles del recuerdo y ver cómo baila el fuego en la chimenea.

—¿Es suyo esto?

—¿Eh? Mío, sí. La casa y todo ese rodal. Hasta el barranco. Y las dos vacas. Lo de arriba lo tengo alquilado a un señor de la capital. Pero no viene casi nunca. Amigos me envía. Así como tú ahora. Yo no pregunto. No quiero saber nada. ¿Para qué?

Cargó el viejo una brazada de leña y entró en la casa. Seguía lloviendo blandamente, una lluvia pulverizada como un vapor fresquísimo que exhalara el prado. Josechu pensó en Burguete, me chiflan estos días así tristones, le había dicho poco tiempo antes, y le pareció estar viéndolo. Menudo, nervioso, cetrino, de mirar ligeramente estrábico. Con su famosa cicatriz en la mano derecha, medio pulgar rebanado, esto fue en Marsella, un cornudo, ¡que sí, Jose, no te burles!, que le había quitado yo la hembra en menos que se cuenta y el tío me buscó y me encontró, clarinete, que le endiñé una en el cuello que salió echando sangre como esos toros que vomitan esa cosa negra, y al llegar a la acera se cayó redondo. Sonreía el Burguete, macho él, yo me largué con la prójima, que por cierto tenía un tetamen que yo, con lo chico que soy, me perdía allí, te lo juro. Me moría de sofocación. El Burguete tenía su filosofía, tú, Josechu, aprende de mí, sácale todo lo que puedas a la vida, ¡disfrútala!, que el día que menos te lo pienses, pues eso, a palmar. ¿O qué nos espera? Un balazo, no lo dudes, ¿y entonces qué?

¿Y entonces qué? Veía a pocos metros de él un solitario ciprés verdinegro en cuya urdimbre aleaban frioleros unos gorriones. Esto se acaba, era la voz del padre a punto de expirar bajo el neón que lo desnuda todo, en la habitación del hospital, un neón irreverente hasta con el misterio del más allá, Josechu, ten conocimiento, tan bueno como eres, pero ese genio, Josechu, ese genio puede llevarte a la perdición. Begoñita le tenía cogido del brazo y su mano apretaba, dile que obedecerás, hombre, murmuraba sin quitar la vista de la cara del moribundo. Y Mikel, no hables, padre, te fatigas, tú procura descansar y confía en nosotros. Fue entonces cuando el moribundo clavó el cristal vidrioso de sus ojos en los de Mikel, mirada de repulsa. ¿Qué tenía padre contra ti? Y Mikel, olvídalo, son cosas de viejo. Pero él no conseguía olvidarlo. Ni comprendió nada hasta que supo que Mikel era uno de los héroes de carne y hueso. Padre no me lo perdonó nunca. ¿Y a mí? ¿Podrá perdonarme a mí?, pensaba ahora repentinamente emocionado. Lo malo es, siguió pensando, que cada día pierdo interés por la causa. Me dicen que hay que pegar el chicle aquí o allá y yo cumplo sin rechistar. O tenéis que pasar la factura del impuesto a fulano, a ver si los demás desmemoriados pagan, y si me toca a mí lo hago fríamente, cumplo la orden sin asociar mi trabajo a la causa. Por decirlo de algún modo, es una sensación muy parecida a la del tío que trabaja en una cadena de montaje. Aprieta el tornillo que le han dicho que tiene que apretar y lo hace muy bien, a conciencia, pero acaba por no saber si el tornillo que aprieta es para hacer un coche o una lavadora. Se automatiza, el tío. Se idiotiza. Y es que las cosas han cambiado mucho desde la Operación Ogro. Entonces se veía el fin, o queríamos verlo. Ahora, no. O sea, que todo esto vendría a ser como si el operario que trabaja en cadena tuviera conciencia de que el coche o la lavadora a la que dedica su vida nunca llegará a ser un coche o una lavadora. Para volverse loco.

El de las bubas asomó el hocico desde las sombras del interior.

—Viene alguien —dijo parpadeándole el miedo en la cara.

—¿Seguro que es aquí?

—Acabo de verlo por el ventado de atrás. Baja por el caminal.

—Pero ¿viene solo?

—Solo, sí.

Empujó al viejo hacia el interior de la casa y le ordenó que se sentara junto al fuego, en la chimenea. Él, por su parte, se escondió detrás de unos sacos de forraje. A estas horas, pensó, podría estar cercado. Y yo sin armas, no sé cómo me he fiado de ese gitano.

Pero la persona que entró jadeando, con un hule negro sobre la cabeza, era Gayolita.

—¿Dónde está?

Mas el de las bubas se hacía el loco, si es que está, que yo no lo sé, andará por ahí.

—O puede que busque caracoles en la viña. Les gusta cornear a la lluvia.

Gayolita dio un brinco al descubrir a Josechu, ¡qué susto, guayabete!, y le echó los brazos al cuello.

—De prisa —dijo quitándose el chubasquero.

—Pero ¿qué pasa?

—Pasa que no tenemos tiempo. El Mostachos espera arriba en la furgoneta.

Se había quitado el jersey mientras hablaba. Nerviosa, apresurándose como si fuera a acabarse el mundo.

Josechu:

—¿Quieres explicarte de una vez?

Rasgó el silencio la apremiante cremallera del pantalón.

—Venga, guayabete.

En menos que se cuenta la Gayola se quedó como su madre la trajo al mundo, qué, ¿te lo sacas o lo hago yo?

—Pero, ¿y el viejo?

—Deja al viejo. Anda, ven aquí.

Había junto al llar un banco de mampostería con un jergón de hojas de mazorca, y la Gayola lo arrastró hasta él. Usted, al viejo, mire y calle.

—Venga, guayabete. Aunque sea uno solo.

El de las bubas acercó su silla al banco cuando Josechu y la Gayola empezaron la faena. Quejidos y jadeos. Y la añorante voz del anciano:

—Qué buena, la juventud. Quien pudiera.

«Zin tiene la mano derecha destrozada. Llena de sangre. Oigo la voz alterada de Mikel, ¿qué has hecho, Gayola?, y la veo a ella arrastrándose en el suelo hacia la Parabellum, que Mikel tira debajo del aparador de un puntapié.

»—¿Es que os habéis vuelto locos? —grita mi hermano mirando la herida de la mano de Zin.

»La Gayola chilla histérica, ¡quería matarlo!, lo habéis visto todos, mientras Zin se aprieta la muñeca de la mano herida, de la que cae un chorrito de sangre, mala zorra, hace tiempo que te la vienes buscando y esta vez la has encontrado, así que despídete de tu guayabete.

»De nuevo la voz de Mikel, ¡silencio todos!, tú dejame ver esa mano y calla, por favor,

»—tenemos que serenarnos —sigue conciliador. Y añade—: Gayola, el botiquín. Trae un hemostático. Y un sedante.

»Mientras venda cuidadosamente la mano de Zin, que se ha puesto blanco como el papel, me siento en el canto del sofá. Está todo patas arriba, la mesa comedor, la de la vieja tele, derribada por Mikel y Zin al rodar por el suelo, un par de sillas, la estantería a la que se agarró Gayolita antes de tirarse al suelo para disparar. Pienso en cómo estarán las ideas dentro de nuestras cabezas y las veo flotando igual que flota la nieve y se arremolina en el interior de esos pisapapeles de vidrio con una estampita alpina pegada en el culo entre el torbellino de papelitos blancos.

»—Hay que tener calma —repite Mikel, y sus ojos giran hacia mí transmitiéndome el mensaje, por favor, no empeores las cosas, mira la que se ha armado por tu culpa.

»—Descuida, Mikel —digo. Y me vuelvo hacia Gayolita, que se ha sentado en el sofá junto a mí y me presenta el codo despellejado, chupa, por favor.

»Me mira y le sonrío agradecido, quizá me has salvado la vida, le digo en voz baja después de aplicar mis labios a la herida, que me sabe a corcho quemado.

»Las palabras de Zin tiemblan de rabia:

»—Se hará el juicio. Lo haremos esta misma noche. ¡En seguida!

»—Falta Papadoc —replica Mikel sereno, mientras se dispone a guardar las vendas en el botiquín.

»—Con Papadoc o sin Papadoc, lo haremos.

»Zin, qué odio el tuyo, pienso, y los ojos de Gayolita ríen burlones mientras me pide que le ponga mercromina en el codo.

»—Y unas tiras. Siempre me ha hecho ilusión llevar unas tiritas en cualquier parte. Donde sea.

»Pero me dice al oído, mi pipa, cuando vayas a coger las tiras del botiquín no tienes más que agacharte y cogerla.

»Le sonrío sin moverme del sitio:

»—Perdona, pero me tiemblan los dedos —me disculpo—. Que te ponga Mikel la mercromina.

»Mikel comprende mi intención.

»—Vamos a ser formales —dice—. Tú adentro, Josechu. Cuando sea preciso ya te llamaremos.

»Entonces estalla la ira de Zin:

»—¡Exijo que se celebre el juicio!

»—A su tiempo —replica Mikel con las cejas cargadas de paciencia—. Ya te he dicho que sin Papadoc no podemos hacer nada. Además, falta Mostachos.

»Mientras me dirijo al cuarto que hace de prisión oigo lo que dice Zin, ¡Papadoc y Mostachos son dos bolas negras!, y me pregunto a santo de qué su odio contra mí.

»Cierro la puerta a mi espalda y siento mucho miedo. Me adormezco en la cama, donde me parece oír la voz de Papadoc: ''Nunca pidas clemencia.'' Aunque medio dormido soy consciente de mi sobresalto cuando Papadoc me asegura que no hay salvación, borra de tu pensamiento la palabra perdón, no lo encontrarás en ninguno de los compañeros si los traicionas. Aunque sea tu propio hermano.

»Me despiertan unas voces destempladas. Ya están ahí, pienso, y me formulo una serie de preguntas. Qué habrán decidido. Si sigue Papadoc sin aparecer o está en el piso ya. Pienso también si me dejarán ver por última vez el amanecer, si lo harán aquí mismo o lejos, quizá me dejen elegir, me consuelo estúpidamente, y si fuera así les pediría que me ajusticiaran frente al mar, en mi última playa.

»Mostachos me zarandea creyéndome dormido, tú, nene, espabila. Me incorporo.

»—Apestas a coñac de garrafa —le digo sin mirarle.

»—Y tú apestas a muerte. Vamos, sal.

»Zin, Mikel, la Gayolita. Están sentados a la mesa, tres caras blancas como pintadas de albayalde. El Mostachos, por el contrario, está rojo. La congestión del alcohol, pienso, y caigo sentado bruscamente en el sofá del empujón que me da el gitano, que saca la pipa del cinto y la deja aparatosamente enmedio de la mesa.

»—Podrás hablar —me dice mirando al techo mientras pasea nervioso por el comedor—. Vamos a dejar que te expliques, que justifiques lo que has hecho.

»La luz del flexo me molesta.

»—¿Podríais apagar eso?

»Y el gitano, no.

»—¡Muy bonito! —exclama a continuación—. Es todo lo que se te ocurre. La verdad es que nunca debiste venir con nosotros. La negra nos has traído, soplón de mierda.

»Parpadeo deslumbrado por la luz del flexo.

»—¿Y Papadoc? —pregunto con voz débil.

»—No sabemos nada de él —replica Mikel.

»—¿No os parece muy extraño?

»—Puedes ahorrarte tus comentarios —interviene Zin—. Tú estás aquí para ser juzgado. Única y exclusivamente para eso. Así que a callar tocan.

»—Si no está Papadoc me niego a ser juzgado —replico.

»Gayolita se levanta, es lo que digo yo, afirma dando un puñetazo sobre la mesa, no podemos empezar hasta que no sepamos qué ha sido de él, ¿o es que podemos actuar a sus espaldas en un asunto tan importante como éste?

»Se arma el revuelo. Mikel se deja caer con cansancio sobre el respaldo de la silla y cierra los ojos roto por la tensión. Zin calla y me mira siniestramente. ¿Sabes, Zin?, digo aprovechando una pausa, me gustaría hablar contigo sobre algunas cosas. No replica, el cabrón.

»—¿Me oyes, Zin?

»—No tengo nada que hablar contigo.

»De pie en un rincón Gayolita pone el transistor de pilas. Muy bajo. De pronto grita, ¡callaos!, y aumenta el volumen. "... el criminal atentado que ha costado la vida del general Villacorta es obra, al parecer, de un comando, uno de cuyos hombres penetró en la vivienda del ilustre militar vestido con un mono azul. Seguiremos dando información.''

»Nos miramos en silencio.»

Mientras subían por el embarrado sendero Gayola comentaba muerta de risa:

—Lo majete que es el viejo. ¿Has visto los ojos que ponía mirándonos? Y después, cuando me calentaba desnuda en la chimenea, va y me dice si podía tocarme, ¡tocarme nada más! Lo bien que me lo pidió. Un día de éstos me dará un patatús y yo me iría al otro barrio contento si me dejaras llenar estas manos pecadoras de tu carne.

—Que le has gustado.

—Tenemos que volver, guayabete. Repetiremos el número para el vejete.

Mostachos les esperaba en el camino al volante de la furgoneta, que conste que me largaba ya, dijo, y masculló jodidos puercos, siempre estáis igual.

—Pero si sólo hemos tardado cinco minutos —dijo Josechu.

—Lo que dura un polvo de urgencia —subrayó ella abriendo una bolsita de pipas, ¿quieres, gitano?, y había intención en el tonillo.

—¡Vete a tomar por donde yo me sé!

Rodaron entre un bosque de pinos un largo trecho, al cabo del cual Mostachos salió a una carretera de escaso tráfico.

—Hay contraorden —dijo. Y la Gayola:

—Era de esperar. ¿Qué pasa ahora?

—No iremos al piso de Papadoc.

—Como que era una barbaridad —convino Gayola—. ¿Adónde nos llevas si puede saberse?

—Estará el jefe, Zin y no sé si tu hermano, nene.

Josechu y Gayola destrozaban pipas en silencio. Sabían que si no le preguntaban el Mostachos acabaría por hablar.

—Me parece que Papadoc piensa adelantar lo de ese general —dijo.

—¿Qué general? —preguntó Josechu.

—Villacorta. Se hará el trabajo de forma que parezca represalia por lo de Burguete.

—Lo de Villacorta lo lleva otro comando. ¿O no es así?

—Sí. El *Chicago*. Pero lo han desarticulado.

—En Madrid, claro.

Mostachos asintió y meneó la cabeza sentencioso.

—Es que llevamos una racha —dijo. Y sacó de la guantera una enorme salchicha de plástico, que desapareció visto y no visto entre la fronda pilosa del bigote. Gruñía de satisfacción cuando se puso a despotricar, ¡es que estáis en las nubes, coño, siempre pensando en la jodienda, como los micos!

Esgarró, escupió por la ventanilla una mucosidad mezclada con la piel de la salchicha y dijo bajando el diapasón:

—Las mujeres tendríais que llevar un gorrito blanco bien almidonado y dedicaros a poner inyecciones. De armas, nada. No os van.

La Gayola volvió la cara hacia él.

—Ya me dirás por qué.

—Emporcáis la guerra más de lo que está.

—Asqueroso machista.

—Sí, sí. Que no servís para eso.

—Pues a mí no me puede ningún tío. A bigotes es posible que sí. No te lo discuto. Pero con una armónica en la mano ni pensarlo. Y si quieres, probamos a ver quién le canta a quién el gorigori.

Escupió una revoloteante cáscara de pipa a la cara de Mostachos, que levantó el codo.

—Mira que te doy.

Josechu soltó una carcajada.

—Es que sois la coña —dijo—. Os lo juro, si no fuera por estos ratos pedía la baja. Me jubilaba y ya está.

Al entrar en la autopista un guardia civil les dio el alto. Mostachos aminoró, seriedad, ¿eh?, recomendó, y Gayola se hizo la dormida poniendo la cabeza sobre el hombro de Josechu. El guardia civil se limitó a indicarles el carril, indiferente y rutinario.

Un cosmos plomizo y húmedo. Silencio y lluvia. El movimiento pendular del limpiaparabrisas producía una especie de hipnosis. Josechu escuchaba su acompasado rumor, ris-ras, ris-ras, que parecía cortar en rodajas de sueño el rechino monótono de los neumáticos sobre el firme mojado.

Contribuía a la modorra el calorcillo del motor y el peso de la cabeza de Gayola, que empezó fingiendo el sueño y había terminado por dormirse de verdad. Tópico, Josechu, se dijo, pero ¿qué diablos hace un tío como tú en esta furgoneta, con Mostachos y la Gayola? Le pareció oír la voz de la madre, lo que tienen los jóvenes de hoy es que han perdido el temor de Dios. Begoñita sonreía, hay algo de verdad en lo que dice, Josechu. Y Mikel, su voz de metal, ¡buena pareja hacéis, de cine! ¿Me queréis por padrino de boda? Ruido de platos. Estaban en la amplia cocina encristalada de casa y la madre decía entre bromas y veras, tú tendrías que casarte, Mikel, grandullón, que el hombre no es hombre del todo hasta que no toma mujer. Yo ya estoy casado, madre, ya estoy casado, ya es-toy ca-sa-do...

—Despertad. Hemos llegado.

Gayolita, frotándose los ojos con el dorso de la mano:

—Estoy muerta de sed.

—La sal de las pipas —dijo Mostachos—. Venga, rápido.

¿Dónde estaban? Medio dormido como estaba, Josechu miró desolado alrededor. Llovía a mares en la amplia avenida poblada de luciérnagas rojas y verdes que escapaban arriba y abajo, que torcían a derecha e izquierda desdibujadas por la espesa cortina de agua. Begoña, la madre, Mikel, la cocina de casa con sus aromas y el ruido de platos, todo había sido un sueño. Era un sueño en realidad, pensó buscando el paquete de ducados en el bolsillo del tabardo.

—Hale, rápido. No puedo pararme aquí.

—Pero ¿adónde vamos? —preguntó Josechu.

Mostachos le puso un papel arrugado en la mano, ahí tienes la dirección, la aprendes de memoria y te la tragas. Nos veremos allí.

La húmeda bofetada en la cara, el impacto frío de las gotas sobre la cabeza, ¡taxi!, y la voz de Gayola que sale de la capucha del chubasquero,

—espera, guayabete, ya lo arreglo yo.

—¿Dónde vas?

—Con el agua que cae no conseguirás un taxi ni de milagro. Tómate un café ahí. Vuelvo en seguida.

Tenía pegada al paladar la insípida pasta de la croqueta cuando paró el flamante Supermirafiori a la puerta del bar. El claxon que suena discretamente, unos ojos bailoteantes que le guiñan traviesos desde detrás del cristal, ¡coño, pero si es Gayolita!, y un Josechu atolondrado que paga atropelladamente, quédate el cambio, y sale del establecimiento muy cabreado.

—Un día te la vas a ganar, eh.

—¿Yo? Van listos.

—No había ninguna necesidad de robar el trasto.

—¡Bah! ¿No puede tener una un capricho?

Dejaron la nueva adquisición a un par de manzanas de la finca donde iba a celebrarse la reunión y corrieron bajo la lluvia. Chico, qué postín, exclamó Gayola mirando el lujoso portal, con enlosado de mármol, jarrones pompeyanos en las hornacinas, una alfombra granate de opereta vienesa y, al fondo, sobre el rellano, el impresionante ascensor automático.

—¿Quién será el amiguete de Papadoc? —preguntó Gayola sacudiéndose el agua de la falda.

—Por lo visto en el negocio hay gente importante. Lo que no sabemos es lo que durará.

—Y mientras tanto, tú y yo batiendo el cobre. ¿No seremos del género imbécil?

—A lo mejor.

Les abrió la puerta Mostachos.

Gayolita, con gesto de resignación:

—No podía fallar. El día que me muera y llame al cielo vas a ser tú quien me abra la puerta.

—¿Y San Pedro?

—Sampedros a ti, gitano.

Encontraron a Papadoc sentado a una mesa ministro recargada de dorados y ringorrangos. A su derecha, Zin leía unas notas mecanografiadas. Estaba también Mikel y un tal Santamaría, con expresión de hurón que husmea el tafo de sangre.

—Santamaría es del *Chicago* —explicó Papadoc—, el comando desarticulado en la Operación Puente.

—El único que consiguió escapar con vida —añadió Mikel. Y explicó que se había hecho cargo de la coordinación del ajusticiamiento de Villacorta, trabajo que se os ha asignado a ti y a ti, y señaló a Josechu y a Zin,

—los demás, Gayola y tú, Mostachos, cubriréis la retirada hasta la zona donde operan los comandos de apoyo.

Santamaría:

—Si todo el mundo hace lo que se le ordena es un trabajo fácil.

—¿Y el día? —preguntó Josechu.

—Dentro de esta semana. Se os avisará.

Santamaría expuso el plan y seguidamente se discutieron los detalles. El coche del general, un vehículo conducido por un soldado, tenía que girar en ángulo recto para entrar en la residencia particular del militar, situada en una tranquila calle de un barrio residencial. Había, pues, que aprovechar el instante en que el vehículo iniciaba el giro para entrar en la parte ajardinada de la finca.

—En aquel momento el coche estará prácticamente parado —dijo Santamaría—, lo cual facilitará la puntería. Uno de vosotros dos bajará por la acera y disparará. Hay que tener en cuenta que el vehículo sube una cuesta bastante regular y que no hay escoltas. Únicamente va el chaval del volante y, si acaso, un gorila dormido. Que tampoco creo que esté. No cabe esperar que vaya una tercera persona.

Josechu intervino:

—¿Te refieres al teniente coronel que suele acompañarle?

—Se queda en su casa. Pero si no fuera así es lo mismo.

En la calle, Josechu cambió impresiones con Zin.

—¿Qué te parece este Santamaría?

—Eso habría que preguntárselo a Papadoc.

Es él quien lo ha metido en la operación. Yo no le conozco.

—¿Cómo lo haremos?

—Si va en el coche no habrá más remedio que ametrallar.

—¿Caiga quien caiga?

Zin se encogió de hombros.

—Me parece una barbaridad —protestó Josechu.

Fue entonces cuando Zin se disparó. ¿Y qué son los bombardeos sobre ciudades abiertas? ¿Te has parado a pensarlo, Josechu? Un señor declara una guerra, ¡ah, pero este señor es un jefe de Estado o un generalote de campanillas!, y ese señor, llámalo Napoleón o Hitler, o Kennedy, es igual, ese señor resulta que no comete ninguna barbaridad matando a millones de seres humanos. Inocentes o culpables. Combatientes o ciudadanos de a pie. Responsables o no. Y ese señor te llena las cárceles y los campos de concentración, y fusila, tortura, descuartiza, jode a media humanidad, arrasa ciudades, arruina los campos, y si es una guerra civil convierte a su propia nación en un laureado solar de escombros,

—no te hagas el estrecho ahora, Josechu, o dedícate a pintar estampitas de santos.

—De acuerdo. Pero no es lo mismo eso que tener que apretar el gatillo. Y en este caso el que ha de apretarlo soy yo.

—¿Por qué tú?

—Aunque te tocara a ti es lo mismo.

Gayola se interpuso entre ambos despellejando

nerviosamente las pipas con los dientes, va, venga, mejor lo dejáis estar, tú no discutas, Josechu, ya lo arreglaréis más tarde, joder,

—venga, vámonos. Hasta la vista, Zin. Y no te sulfures, hombre, que no hay para tanto. Tú, guayabete, te invito a cenar. Conozco un sitio.

Lo arrastró con ella y desaparecieron juntos bajo la lluvia.

«—Lo que pretende la policía es liarnos y desorientar a la opinión pública —dice el Mostachos no muy convencido—. No existe tal comando. Eso está más claro que el agua.

»Los demás seguimos callados. Gayola con el transistor pegado a la oreja y Zin en la habitación del teléfono, donde acaba de entrar.

»Esperamos unos minutos.

»—Papadoc sigue sin contestar —nos comunica Zin cuando sale—. Seguro que no está, aunque creo que alguien tendría que ir a su piso por si ha dejado una nota.

»Zin y Mikel se miraron, ¿me acerco yo?, pregunta Zin, y Mikel asiente con los ojos.

»—Tal como están las cosas propongo que se aplace el juicio —dice Zin. Y consulta con Mostachos, que se encoge de hombros.

»Noto que Mikel se relaja.

»—¿Y qué hacemos con éste? —pregunta Mostachos.

»Mikel:

»—Enciérralo en el cuarto. Pero no te guardes la llave como antes. La dejas ahí, que todos sepamos donde está.

»El recelo de Mostachos se despierta, no me fío de ésa, dice señalando a Gayola con la barbilla, y ella, ¡vete a la mierda, gitano!, sin apartarse del transistor.

»Aunque muy cabreado, Mostachos me empuja hacia la puerta de la habitación, la abre de una patada y entramos.

»—No me jodas —le digo cuando veo que saca las esposas.

»Nos miramos, y él exclama fuera de sí:

»—¡Tengo prisa, nene!

»Me siento en la cama y le ofrezco la muñeca izquierda cuando cierra una de las esposas al somier. Mostachos saca sus colmillos por debajo del hirsuto bigote en un gesto realmente feroz. Reza, nene, reza todo lo que sepas porque si le pasa algo a Papadoc por tu culpa pienso descuartizarte vivo.

»—¿A quién crees que asustas?

»—Tú no sabes nada, niñato de mierda.

»—Vete al carajo.

»—Hombres como Papadoc se pueden contar con los dedos de una mano. ¿Y qué eres tú? Un mamarracho.

»Me vuelve la espalda y murmura:

»—Si tú supieras quién es te cagabas encima.

»Le provoco, no será tanto, y le desafío con la mirada,

»—¿qué tiene más que yo?, venga, contesta, gitano, que más parece que sea tu querido que otra cosa. ¡Y déjame en paz!

»Después de cerrar la puerta Mostachos se sienta a mi lado, en la cama. Leo su odio en la mirada, lo olfateo en el tufo acre que despide su piel. A Papadoc le conoce mi menda demasiado bien, me dice, y te aseguro que ni para descalzarlo sirves. Nos criamos juntos, nene. Como hermanos. ¿Sabías que han querido borrar su nombre de la lista de los vivos? Y yo te pregunto, ¿está vivo? ¿Está muerto? Es lo que tú quisieras saber, mequetrefe. Le veo sonreír y noto que su sonrisa es una mueca feroz. Gruñe. Vuelve a enseñar los colmillos y me doy perfecta cuenta de que no trata de asustarme sino que en realidad es así, una fiera.

»—Nos conocemos hasta la última troja de los montes. ¡De nuestros montes! Los que quiere quitarnos el enemigo. Yo era pastor cuando él me buscó. Un día me dijo, Eulalio, tienes corazón. Desde entonces le sigo como un perro. ¡Y lo que he visto, nene! Eso quisieras saber tú, lo que he visto hacer al amo. Con la mirada te desbrava un potro. ¿Lo sabías tú? Amigos, en todo el mundo. Gente de campanillas, pero lo enterró todo por servir a la causa. Lo que todavía me pregunto es qué mierda ha visto en ti para llegar a poner en peligro la vida de sus hombres. Pero hablaremos de esto. Te juro que hemos de hablar, nene, antes de retorcerte el pescuezo.

»—Estás loco —digo. Y busco una postura

cómoda en la cama procurando aparentar serenidad.

»—Te digo que nos veremos. Ahora tengo que hacer un trabajito.

»Cuando desaparece Mostachos me quedo solo con mi estupor. Papá Doc, pienso. Doc, ¿doctor? Ahora tengo la seguridad de que se ha doctorado en algo. ¿En Medicina? ¿En Teología? Uno se cree alguien y resulta que es menos que una mierda seca en el desierto. Y es que nos han engañado. Los mayores, los maestros, todos. La filosofía del viejo es un vamos a contar mentiras, a fin de que la carreta siga rodando. Me acuerdo de las clases del Instituto. Qué rollos de maniáticos. La grandeza de la Patria. Pero ¿de qué? Un par de locos. O tres. Ésa es nuestra grandeza, precisamente la que nos ocultan. El manchego flaco, los extremeños desesperados, un Lope de Aguirre que desafía a Dios. ¿Y Papadoc? ¿Llegará a conocer alguien en el futuro a Papadoc?

»Algo quería transmitirme aquellos días, en su piso, cuando me hablaba sin parar. "Aleja de ti la crispación. Procura estar siempre sereno. Haz tu trabajo sin odio. El odio ensucia. Procura andar suelto por la calle. Si digo suelto quiero significarte que te manifiestes a los demás tal como eres. Viste sin llamar la atención. Observa, no mires. Que tu pensamiento sea claro. No te embarulles. Decide sin precipitación pero decide. Demorar es temer. Sé rápido en las acciones. Actúa, no contemples. Los hombres como tú han de ser conciencias en acción, no estatuas contemplativas. Piensa que en la vida tenemos·el tiempo medido.'' Su pensamiento era fluido y hablaba con sencillez. Puntería certera. Mas ¿por qué me dedicaba tanto tiempo precisamente a mí?

»Hay tranquilidad en el piso. Lo más probable es que se hayan largado todos a ver qué pasa con el ajusticiamiento de Villacorta y que me hayan dejado solo. Una lástima que no disponga de un papel y un lápiz, le habría puesto unas letras a Begoñita. O quizá no. Demasiado melodramático. Begoña, le habría dicho, porque efectivamente habría terminado por escribirle, Begoña, todo lo que ofrece la vida de bueno se me ha escapado. También Dios, a quien busqué siempre sin darme cuenta de que lo llevaba puesto. Como te llevo a ti.

»Suena el teléfono, que descuelga alguien, lo cual me da a entender que no estoy solo en el piso.

»Abre la puerta Gayolita.

»—¿De guardia? —le pregunto con cierta intención.

»—Mejor que dejarte solo.

»—No entiendo cómo se fían de ti.

»—Porque tienen la llave de las esposas y te han casado con el somier.

»De pronto se echa a reír.

»—¿Qué te hace tanta gracia?

»—Pues que soy una estúpida. Te llaman al teléfono y yo ni acordarme que te han amarrado como un Cristo a la columna. No puedes ir.

»Le pregunto quién me llama.

»—Mikel. Dice que es muy importante.

»En menos que se cuenta cargamos con el somier y lo arrastramos hasta el cuarto del teléfono. Gayolita se retira discretamente·cuando cojo el chisme con la mano libre. Lleno los pulmones antes de decidirme a hablar: "Dime, Mikel..." Y tras la pequeña pausa, "soy Begoña, Josechu..."

»No tengo más remedio que creer en los milagros.»

El centinela saludó al coche que salía de Capitanía, un Dodge negro con dos estrellas doradas de cuatro puntas en el banderín. El vehículo se deslizaba despacio cuando pasó a pocos metros de Josechu, quien distinguió perfectamente a dos militares en el asiento posterior. El Dodge ganó velocidad y fue a incorporarse a la riada de coches que circulaba por una concurrida arteria urbana. Con paso decidido, Josechu entró en una cabina telefónica, marcó el número dos veces consecutivas y cortó en ambas ocasiones la comunicación al tercer timbrazo.

Miró el reloj al salir de la cabina, las dos y cinco, y paró un taxi. Un ruidoso grupo de colegiales con la ilusión del acné en la frente y una jovencita empinada sobre el poema erótico de sus tacones le compensaron del plantón frente a Capitanía.

Se sintió espléndido y ofreció un ducados al

viejo taxista, que resultó ser ecologista y testigo de Jehová.

—La vida es un sagrado que nos ha dado Dios. Hay que cuidarla, ¿no le parece?

—Pues la gente no para de matar.

El taxista le observó por ·el retrovisor, es el Antícristo que anda suelto, sentenció. Y le preguntó doctoral:

—¿O es que no ve que el fin del mundo está detrás de la esquina?

—Es posible.

—Créame. Es tiempo de penitencia. Lo que pasa es que las personas viven fuera de ellas. No piensan. No tienen tiempo para adorar a su Dios.

Estaba de mal humor cuando dejó el taxi frente a la cafetería donde le esperaba Gayolita, cuyo perfil distinguió al otro lado de la luna del establecimiento.

Desde la puerta, donde se detuvo un instante, echó un vistazo alrededor antes de decidirse a entrar. Luego avanzó resuelto entre la doble fila de mesas.

Gayolita levantó la vista del periódico.

—Jodido, ¿no? —dijo. Y se preguntó qué diablos le pasaba a su guayabete que no parecía el mismo.

—¿Todo bien? —le preguntó él.

—Matemático. El Villacorta es un Seiko pantalla doble. A la media menos un minuto paraba el Dodge ahí enfrente. Medio minuto escaso. El tiempo para bajar su ayudante y ponerse tieso como un palo en la acera de su casa. ¿Por qué esa manía de cuadrarse los militares cada dos por tres?

Le enseñó el periódico, ¿has visto cómo están?, ayer detuvieron a catorce presuntos y esta mañana no han parado,

—los tíos, ahora quieren hacer ver que el mando único es el coco.

—¿Qué sabes de Zin?

—Nada. Supongo que estará en su puesto. Yo le he llamado tan pronto como ha aparecido el Dodge de Villacorta. Tres de a tres.

Tomó entre las suyas las manos heladas de él.

—A ti te pasa algo —dijo. Y se quedó mirándole fijamente a los ojos.

Josechu se encogió de hombros bruscamente.

—¿Hacia dónde vamos, Gayolita?

—No jodas, guayabete. No empieces otra vez.

—Ese Santamaría no me gusta. No me gusta Zin. Ni nadie. Ni nada.

—Hombre, muchas gracias.

—Dime, ¿qué somos tú y yo? Dos fantasmas de muerte. Actuamos y desaparecemos. Preparamos el golpe cuidadosamente, como ahora mismo, y creemos que estamos haciendo algo positivo, pero...

—Pero qué.

—No sé qué fin le ves tú a esto.

Qué fin. Gayolita no se atreve a decirle que el fin que les espera es la ráfaga que les parta por la mitad o, en el mejor de los casos, esperar en cualquier celda a que se les pudra de viejo el esqueleto.

—Confíate a Papadoc.

—Conozco de sobra sus argumentos.

—Pues descansa. Lárgate por ahí una temporada. Al vascofrancés. Te ligas una francesita viciosa que te chupe el muermo, ¿no? Volverías nuevo.

—No se trata de eso.

—¿Quieres que te sustituya yo? Si te parece, acompaño a Zin. A mí me da lo mismo.

El camarero sacó a Josechu de su ensimismamiento con el qué va a ser.

—Una cerveza bien fría.

Gayolita:

—¿Por qué no te dejas barba? Estarías guapísimo.

Ríe. Ay, guayabete, qué coña tiene la vida. Se nos ha hecho tarde. Ha oscurecido dentro del túnel, amor. Se acabaron los verdes prados y las margaritas silvestres. Se acabaron las ilusiones, guayabete, ahora sólo queda esperar que nos toque la china. Hemos tenido mala suerte. Una vida corta. Qué más da unos años antes que después.

—Dime, Gayola, ¿tú no tienes escrúpulos de conciencia?

—Mira, tomamos la cerveza y nos vamos a la cama.

—Te estoy hablando en serio.

—¿De verdad quieres hablar en serio? Está bien. Hablemos. Ya no podemos volver atrás. No lo consentirían. Ni unos ni otros. ¿Lo tienes claro?

—Perfectamente claro.

—Y bien, ¿qué manda ahora el señor conde?

—Vámonos de aquí.

Ella le siguió apresuradamente por entre las mesas, espera, hombre, tenemos que pagar esto, se detuvo un instante en el mostrador, quédese el cambio, y salió a la calle, un temblor en el alma, pensando que tenía que hacer algo por él.

Erguido en la acera parecía una estatua. Rígido, con la cara crispada y los rizos alborotados por la ventolera que se había levantado. Gayolita hundió la mano en el bolsillo del tabardo de él hasta dar con la suya, fuerte y helada. Caminaron en silencio proa al vendaval, la falda de ella pegada a los muslos, prometiéndolos, agachada la cabeza como una vaquilla en plena embestida.

—No puedes continuar así, Josechu.

—Pues ya me dirás cómo me lo monto.

—Irás con Zin, ¿no?

—Es un chacal.

Zin había dicho la última palabra. Ametrallar. Nada de pistola, demasiado arriesgado según él. Y Josechu le había preguntado, ¿qué diablos te pasa, Zin?, el pobre soldado no debe nada. Tiene una vida. Ilusiones. Tiene una familia y quizá una novia que le espera en el pueblo. Además, el chaval no es nuestro objetivo. Pero Zin no quería saber nada. Puede reconocernos, nunca se sabe. De pronto, la explosión de ira de Zin, ¿no te acuerdas de Burguete?, ¿tuvieron compasión de él?, ¿van a tenerla de nosotros?

—Zin me odia —dijo Josechu apretando el paso.

—No pienses más en él. Déjalo.

—Tan amigos como éramos. Más que hermanos.

—Lo sé, hombre.

Gayolita apretó la mano de Josechu y dijo para sí, si de veras existes ayúdale, Dios mío.

Levantó la cabeza hacia él y le sonrió.

—Parece que hemos perdido el rumbo. ¿Para dónde tiramos?

—Para donde nos lleve el viento.

«Si hubiera podido hablar contigo sosegadamente te lo habría confesado todo. A ti, sí. Te habría dicho la verdad. Mi verdad, Begoñita. Te habría dicho que mi ánfora sigue estando tan rebosante de ti que no cabe nada más en ella. Ni siquiera la Patria, con ser tan sagrada. O sea, que no es que haya perdido los móviles de la Guerra Revolucionaria, o que los haya perdido por completo para ser más exactos. Sigo conservándolos, pero sin la esperanza de ti la Guerra pierde sentido, como pierde sentido la vida. Y lo que no tiene remedio es que nunca recuperaré la esperanza de ti. No puedes volver conmigo aunque acabes de decirme que estás dispuesta a hacerlo. No puedes volver porque cuando en la persona que se ama hay algo que no se quiere, o que no se acepta, el espíritu del amor se convierte en llanto. Nos habríamos amado sin alegría, que es empezar a destruir, yo queriendo ser el que fui y tú llena de piedad hacia mi deseo. Dime, ¿qué otra cosa habría sido nuestro contacto carnal si no la posesión entre dos cadáveres? Doy por hecho que en mi locura haya podido ametrallar a media humanidad y que tú quizá habrías pasado por ello. Pero nunca habrías podido hacerlo con la fidelidad indiferente con la que el perro ve a su amo dándole de cuchilladas al vecino, porque tú no eres ningún perro. Hemos perdido el tren. Imposible volver conmigo, y necesito que sepas que sangro muy dentro de mis adentros al rechazar lo que acabas de proponerme. No quiero abrirte las puertas del infierno de mi intimidad.

»Porque hay algo más. Existe la conciencia de pecado. Se lleva dentro la transgresión, Begoñita. Y matar es el peor de los pecados, aunque se mate en nombre de los principios más elevados. El mandamiento es taxativo, concluyente: no matarás. Cuando se infringe, uno queda marcado ante sí mismo. Podrá disimular o disfrazar el crimen con ropajes más o menos solemnes, pero la simulación no vale ante la propia conciencia. Luego está el dedo de Dios, que dicta los sueños terribles. ¿Podrías comprender tú mis pesadillas? Hace calor, el viento revuelve mis cabellos, brama dentro de mí un Cantábrico de sangre, ¿una foto, mi coronel?, entonces la gaviota cae sobre mí, me aplasta, me ahoga, y uno siente que pierde el aliento, que está a punto de morir aplastado bajo la losa del remordimiento, que cae sobre uno y se cubre de hiedra en ese instante que es la eternidad. ¿Quién reposa en esta tumba? Y el muerto en vela, el eterno custodio de sus propios crímenes, contesta sin voz que en aquella tumba no reposa nadie porque al espíritu del asesino le está prohibido reposar, hay un Dios, Begoñita, que así lo tiene dispuesto. Y gritas en la noche, ¡no puedo reposar!, y tus gritos se ahogan en el pecho, no salen al exterior, y te vas muriendo cada segundo que pasa, bañado en sudor, el corazón un corcho seco atravesado en la garganta. Te despiertas, te desvelas, tratas de leer con un cigarrillo amargo por todo consuelo, pero las imágenes horrendas siguen estando allí, enmarcadas en las páginas que vas pasando, en cada signo tipográfico, en cada espacio en blanco. Y apagas la luz, levantas el embozo hasta las orejas porque los miedos del hombre son herencia de la niñez y sigues temiendo a la oscuridad y al silencio de la noche alta, y aprietas los párpados pero los ojos siguen llenos de imágenes psicodélicas, manchas rojas en todas sus gradaciones, y vuelve la cara del coronel, ¿qué quiere usted?, y ves la cabeza destrozada de otra de tus víctimas, una instantánea entrevista en el instante de disparar, cristales astillados, muñecos rotos, un pedazo de cara pegado a la tapicería del coche, los dedos de una mano muerta que se mueven débilmente en un último intento de vida vegetativa, un gemido, quizá una lengua inmóvil invocando el nombre de Dios.

»Y sin embargo no somos mala gente. Podemos sonreír a un niño mientras le damos la pelota que rueda a nuestros pies. Somos tiernos con la mujer que se cubre con la misma sábana que nosotros. Sabemos digerir un poema, sentir el escalofrío de una melodía, llorar la muerte de un compañero, sabemos dar limosna y consolar al que sufre. ¿Tú lo entiendes, Begoñita? Conoces a Mikel. Tú y yo nos hemos criado con él. ¿Hay otra persona más abnegada que Mikel? Nos adora. Y sin embargo es uno de los nuestros. Si vieras cómo cambia cuando tiene que actuar te horrorizarías. Yo sé cuando va a hacerlo por la forma de mirarme. Sin verme. Está en otra parte. No es él. Además, su frente trasuda una angustia viscosa, no sudor, que es lo que le pasa a todo el mundo cuando hace un trabajo pesado o camina bajo el sol de agosto. No, suda una grasita viscosa. Suda angustia y miedo, lo que te digo. O sea, que cuando veo ese sudor barnizando la frente de Mikel me digo, ya está. Y sufro por él porque es mi hermano. Y temo por su vida. Lo que me espanta cuando me paro a pensarlo es que la víctima también es un hermano mío y sin embargo no dudo en disparar o poner el trozo de chicle debajo del coche. ¿Comprendes esto, Begoña? Luego, cuando ha realizado el trabajo, hablo de Mikel, le veo distendido, "suelto", que diría Papadoc. Entonces sus ojos me ven, tiene la frente limpia, sabe sonreír, y si entramos en una cafetería le pone cortésmente la silla a Gayolita y bromea con el camarero. Trato de decirte que, precisamente por esta transmutación de bestia en ángel y al revés cada día entiendo menos lo que nos pasa. Me digo que no se puede ser ambas cosas al mismo tiempo. No es posible, porque en tal caso una de estas naturalezas mentiría a la otra, la desvirtuaría. Es como salir de los infiernos y al cabo del rato tentar la escala de Jacob para ver si es capaz de resistir nuestro peso en llamas y remontarnos a otras esferas. Quizás la bondad de Dios sea infinita al punto de guardar un resquicio de esperanza al criminal. No lo sé.

»A Zin también le conoces de siempre. Pero el caso de Zin es diferente. Ha cambiado mucho. Odio, Begoñita. Al menos me odia a mí. ¿Celos de Papadoc? Zin no es un vulgar Mostachos. Lo de Zin es mucho más profundo. Nuevo. Porque al principio de estar con él en el comando no era así. Ahora es implacable con el prójimo. No he dicho con el enemigo, lo cual podría tener su explicación, he dicho con el prójimo. Por ejemplo, si hay que llevar a cabo una acción en la calle, a Zin no le importa la suerte de las personas que puedan circular en aquel momento. Si asalta un banco hay que llevar mucho cuidado con Zin, pues, aunque vaya encapuchado, lo cual no suele suceder, como uno se descuide ya le está dando al gatillo. No acabo de explicarme lo de Zin, a no ser que en la lucha entablada entre la naturaleza bestial y la humana, haya sido la primera la que se haya apoderado de Zin. Porque, además, así como nosotros seguimos sonriendo, él ha extraviado la sonrisa. Únicamente piensa en actuar. Disfruta matando, Begoña. ¿Puedes comprender tú este cambio?

»Teníamos a un tal Burguete, a quien por cierto mató la Guardia Civil, un sujeto elemental, primario. Únicamente pensaba en las fulanas, cuanto más tiradas, mejor. Burguete vivía para el sexo en función del asco. Sin embargo, no compraba a las prostitutas, las conquistaba. Nunca se le ocurría ligarse a una mujer decente. Tenía que ser una furcia. Y cuando se la llevaba al huerto se gastaba con ella todo el dinero que tenía. Y se sentía la mar de feliz. Ufano. Por otra parte, su ternura se desbordaba ante los niños. Los bolsillos de Burguete estaban siempre llenos de caramelos y de chupachups. Los compraba y los guardaba para el primer crío que veía por la calle. Se acercaba a él y, a pesar de lo bestia que era, se enternecía como no puedes figurarte. En una ocasión me confesó que tenía el vicio, aunque bien ves que era una virtud, porque a él de niño nunca le habían regalado nada. Ni un simple caramelo.

»Entonces deduje que posiblemente lo que le ocurría al Burguete era que veía en el niño al que obsequiaba su propia niñez, la de Burguete, huérfana de los pequeños detalles propios de la ternura. Es decir, que se regalaba a él mismo los dichosos caramelos. Conque ya ves qué gente tan extraña somos.

»Quiero hablarte también de Gayolita. Es fuerte, tirando a gorda, musculada, ni guapa ni fea. Joven. Vital. Muy cachonda en la cama. A estas alturas, después de todo lo que ha tenido que pasar, no te extrañará que te diga que Gayolita y yo nos acostamos juntos siempre que podemos. Hay que verla en la cama. Se enciende como la misma grana. Es glotona, bullidora, sabe inventar caricias. Pero cuando recupera la calma se vuelve maternal. Cálida. Guayabete, necesitas vitaminas. Un vicio tiene muy arraigado. Come pipas hasta en sueños. Por lo demás es muy normal. Le mataron a su hombre en una acción, un chicarrón como una torre, y a mí se me figura que lo busca en la cama, únicamente en la cama, y trata de vengarlo en la calle con la armónica debajo del brazo. La armónica dice ella a la metralleta, una fiera es con el chisme en la mano. Pero es muy respetuosa con la persona que tiene encañonada, no como Zin, a quien le tiemblan los dedos de ganas de disparar. Gayolita eso no lo hace nunca por capricho. Bueno, pues por lo que te decía, a Gayola no le importa que la maten. Lo que no resistiría es la cárcel. A mí me tiene dicho que si algún día la dejan malherida en la calle, o donde sea, que la remate. Como comprenderás soy incapaz de una acción así, pero me vi obligado a prometérselo porque me lo pidió llorando.

»Al llegar a este punto de mi reflexión oigo la voz de Mikel al otro lado del tabique. Cargo con el somier, al que sigo esposado, y consigo llegar a la puerta.

»—¡Mikel! —grito—. Tienes que contarme qué pasa con Begoña.

»Me mira asombrado cuando abre.

»—¿Qué haces con ese trasto a cuestas?

»Gayola, que asoma la cabeza por encima del hombro de Mikel, le dice:

»—¿Cómo crees que ha llegado antes al cuarto del teléfono?

»Forzudo como es, mi hermano coge el somier y lo deja en su sitio en la cama, y a mí con él, esposado a él. Cuando me siento, Gayolita se da cuenta de que tengo la muñeca despellejada, pero qué bruto eres, dice, y añade levantándose,

»—voy por alcohol.

»Mikel la observa mientras abandona el cuarto, aunque yo pienso que trata de evitar mi mirada. Le pregunto qué le ha dicho Begoña.

»—¿Ya hablaste con ella, no?

»—Algo le pasa.

»—Parece que las cosas no le van bien —replica Mikel evasivamente.

»—Pero a mí no me interesa cómo le van las cosas, yo necesito saber exactamente qué le pasa, por qué quiere abandonar a Iñaki y venirse conmigo.

»Gayolita entra con un algodón empapado de alcohol y lo pone cuidadosamente entre mi muñeca y la manija de la esposa.

»—No muevas el brazo —dice. Y me limpia el sudor de la cara.

»—¿Por qué quiere venirse Begoña conmigo, Mikel?

»Gayolita:

»—Si queréis me largo.

»La retengo. Quédate, digo, y Mikel nos mira.

»—No los aguanta —dice después—. Lo está pasando mal.

»—¿A quiénes no aguanta?

»—A su marido y a...

»—¿A quién más? ¡Habla, coño!

»—A Zin.

»Callo desconcertado. Gayolita me mira. Está angustiada.

»—¿Qué pinta Zin en todo esto?

»Mikel se levanta y pasea arriba y abajo con las manos a la espalda. Mientras le miro, Gayola acaricia mi cabeza y yo quito bruscamente su mano de mi pelo.

»—¿Quieres acabar de una vez?

»Mikel se para. De espaldas a mí como está, veo sus dedos fuertes, musculados. De tanto apretarse entre sí se le han puesto rojos, como si la sangre fuera a brotar a través de la piel.

»—Zin se ha enamorado de ella.

»—¿De Begoñita?

»Gayola esconde la cabeza en mi pecho, no hagas caso, murmura. De repente se levanta y se encara con Mikel:

»—¿Te parece bonito venir con estos chismes de vieja? Parece mentira, Mikel.

»A mi hermano le tiemblan los labios.

»—Me lo ha contado ella misma. Dice que Zin está como loco desde hace un tiempo. La amenaza. La llama por teléfono. Al principio iba a visitarla, el cuñado, pues bueno... Pero acabó haciéndole proposiciones.

»Noto que se me va la cabeza. ¿Tan abyecto

es el maldito Zin? Me juro por mi madre que lo mataré.

»—¿Te ha contado ella todo eso que dices?

»—¿Quién si no? Por eso he marcado el número y he consentido que te hablara.

»—Sigue. Cuéntamelo todo.

»Gayola interviene.

»—Déjalo, Mikel. A ver si tienes conocimiento.

»—¡Cállate! Y tú, ya que has empezado, termínalo. ¿Cómo ha sido que te contara esas cosas?

»—Fui a verla para decirle que estabas en peligro. Ella te quiere. Y lo sabe todo.

»—¿Qué sabe?

»—Lo del comando. Todo. Ha comprendido por qué la dejaste. Dice que si se lo hubieras dicho te habría seguido.

»—¿Ella?

»—Pues sí. Eso dice.

»—¿Y lo de Zin? Porque imagino que ahí tiene que haber mucho más.

»—Intentó violarla pero la dejó estar cuando ella le confesó que le daba asco. Él y su hermano, los dos. También le dijo que se había casado con Iñaki por despecho.

»Oigo mil tambores dentro de mi cabeza. Me levanto y grito. Gayolita se abalanza sobre mí para detenerme, no, Josechu, y sale despedida. Arrastro conmigo la cama hacia la puerta hasta que Mikel me inmoviliza, ¡el brazo, Josechu, que te lo rompes!, grita.

»El agudo dolor en el codo me deja sin conocimiento.»

El viento de aquella fría tarde lo arrastró hasta el piso de Papadoc. Penumbra de flexo lector. Bach en los bafles. Al rojo la placa de la estufa y su aliento tibio en la cara, tirante aún de viento gélido, molesto. La expresión de sorpresa en los ojos de Papadoc, ¿tú por aquí?, y la transición inmediata hacia su habitual estado de alerta,

—¿ocurre algo?

—No. Tenía ganas de charlar contigo. ¿Te interrumpo?

—De ninguna manera.

Papadoc, su sólida cabeza de cabello entrecano y corto, suéter de serie y pequeña bufanda oscura, zapatillas de franela a cuadros. Se movía por la pequeña pieza con la alegría contenida de solterón de periquito y gato ante la visita inesperada. Decepcionante imagen para un héroe.

—Encenderé la luz.

—Por mí no lo hagas.

Estaba leyendo. En realidad, explicó, a Horacio le va mucho más una chimenea con buenos troncos, aunque la estufita no está nada mal,

—¿no te parece?

El asiento que acoge a Josechu, un balancín Kennedy con cojín de plumas para la riñonada, invita a la confidencia. Pero Josechu está inquieto. No sabe por dónde empezar.

—Esto está muy cambiado.

—¿Tú crees?

—Lo encuentro hasta confortable. O quizá sea la estufa.

Tenía delante una de las cabezas más buscadas de la Organización y sin embargo le pareció un vulgar funcionario, la mediocridad que deja transcurrir el tiempo apaciblemente hasta la hora de cenar. Josechu pensó que, para completar la imagen, sólo faltaba el televisor encendido.

—¿Algo en concreto? —preguntó Papadoc.

—Zin. Entre otras cosas, claro.

Papadoc ladeó la cabeza intrigado. ¿Zin? La mirada firme preguntaba qué demonios pasa con Zin, pero al mismo tiempo advertía, cuidado con lo que dices, Zin es un buen compañero y un elemento eficaz, lo viene demostrando mucho tiempo antes que tú.

—¿Qué hay de Zin?

—Cada día está más cambiado.

—Tú dirás.

—Demasiado brutal. Como si hubiera perdido los sentimientos. Esto me preocupa, sobre todo cuando tenemos que actuar juntos...

Vaciló. No se atrevía a arropar su pensamiento con palabras por si no conseguía expresarlo fielmente. Por otra parte, le disgustaba la sospecha que leía en los ojos de Papadoc, no me saldrás a estas alturas una conciencia escrupulosa, con lo que pasan los nuestros en las cárceles.

—Por eso qué. Habla, Josechu.

—Lo del general Villacorta —dijo por fin. Y respiró profundamente antes de continuar—. Me gustaría hacerlo a mi manera.

—¿Temes que Zin se ensañe?

—No exactamente.

—¿Entonces?

—Quiere ametrallar, cuando podría hacerse con pistola.

—Es que hay que ametrallar. Cuando el enemigo se encuentra protegido por un vehículo no hay otra solución. Eso o la mina, en el supuesto de que no se pueda echar mano de la goma. Como en este caso.

Y tú lo sabes, decían los ojos de Papadoc, sabes lo que puede pasar si usas la pistola contra un blanco inseguro, un blanco poco claro desdibujado detrás de un cristal, y cuando, además, tú vas a pie y el enemigo dispone de un vehículo ligero con gran capacidad de maniobra. Sabes que si no se acierta, lo cual es más que probable, se queda uno indefenso en mitad de la calle, con la merma psicológica del fracaso, a expensas de la reacción de los del coche, bien armados todos, y de lo que pueda venir después a continuación.

—¿Lo mandas tú así?

—No hace falta. Zin sabe cómo hacer las cosas. Y tú también.

—Pero conduce un soldado. ¿Qué culpa tiene él?

—Estamos en guerra. Y ese soldado no merece compasión porque tiene sus deberes como los tenemos tú y yo. Seguramente lleva una pistola en la guantera. ¿Crees que dudaría en utilizarla contra ti si le dieras ocasión? Contesta.

—Sólo puedo decirte que no me gusta matar innecesariamente.

—Eso no le gusta a nadie. A ninguna persona normal.

—Además, perjudica nuestra imagen. Ya sabes lo que pasa luego. La prensa, la radio, hasta la tele, aprovechan esta clase de muertes. Los capitalizan. Incluso los líderes de los partidos políticos, los de Madrid y los de aquí, hacen declaraciones. Yo creo que no nos favorece en absoluto.

Papadoc se levantó y dejó el volumen de Horacio en una pequeña estantería de madera. Lo hizo casi amorosamente, sin prestar demasiada atención a las palabras de Josechu. Después se volvió cara a él y permaneció de pie con las manos en los bolsillos del pantalón, pero qué diablos estás diciendo, parecía expresar con la postura, en el modo de levantar la cabeza y en el imperceptible tic nervioso del cuello, una leve contracción muscular que descubría los tendones durante una fracción de segundo.

—Puedo prescindir de ti —dijo. Y añadió—: A veces nos falla algún resorte oculto. Somos humanos, no robots. Así que si no te encuentras con ánimos puedes operar en cobertura.

—No, déjalo.

—¿Por qué?

—Es mi trabajo. Y estoy bien. Créeme. Yo lo decía...

—Lo decías porque has estado viendo a ese soldado durante varios días. De tanto observarlo lo conoces ya. Seguramente le has inventado una vida, un chico de casa bien, un enchufadito cuyo padre es amigo del general, mándame al chico, ¿sabe conducir?, me lo llevaré a Capitanía, y hasta le has colgado una novia rubia que cuenta los días que faltan para el permiso de Navidad. ¿O no es así?

—No hay Dios que os entienda.

—¡Deja en paz a Dios!

¿Qué le pasa ahora? Josechu se hacía la pregunta sin dejar de observar a Papadoc, que se miraba estúpidamente las puntas de las zapatillas.

—Perdona —se disculpó—. Has conseguido ponerme nervioso con tus escrúpulos. Eso es todo. Además, no me gusta que la gente use el nombre de Dios alegremente. A Dios hay que dejarlo estar en su sitio. Lo nuestro es diferente.

Papadoc entró en su dormitorio para salir en seguida, debidamente calzado, y arrojarle el tabardo a Josechu, sígueme, anda. Y se vieron bajando la estrecha escalera, Papadoc delante, con el cuello del abrigo subido hasta las orejas, y él tratando de alcanzarle, qué agilidad, el viejo, como si tuviera veinte años, ¿dónde me llevará?

Mientras caminaban en silencio por las oscuras calles del barrio, Josechu se sintió culpable, no puedes erigirte en juez, imbécil, él vale infinitamente más que tú, y si lo que te pasa es que tienes canguelo, haberlo confesado.

De pronto dijo:

—No soporto las ejecuciones.

Y volvió a explicar a ráfagas nerviosas lo de la gaviota cuando disparó sobre Sanromán, ¿sabes lo que ocurre?, siempre que he tomado parte en una ejecución me ha parecido sentir la presencia de la maldita gaviota,

—es algo a lo que no consigo sobreponerme. ¿Tú qué opinas?

—Nada. No soy yo el llamado a opinar.

—Me pongo enfermo cada vez que lo recuerdo. Hasta el aliento me duele.

Apenas conseguía seguir el ritmo cada vez más acelerado de sus pasos, ¿dónde irá con tanta prisa?,

—y yo quiero saber qué opinas de esto.

Pasaban por su lado retales de conversación banal, alguna risa. Se abría ruidosa la taberna llena de obreros, gente que pensaba un día cambiará la suerte y tendremos de todo en casa, un letrero feliznavidad le entristecía el alma, ¿tú qué opinas?, y Papadoc sin contestar, insensible a su lado, corriendo o volando como la gaviota, y dos compadres que se abrazaban en mitad del arroyo, lo del Betis es un dos como una catedral, ya verás si me equivoco.

Se metieron en una calleja mordida de sombras. Papadoc seguía sordo y mudo a su lado, ¿me querrá ajusticiar?, y de pronto la puertecita forrada de latón claveteado, los dos escalones de piedra desgastada, un aroma familiar de infancia.

Papadoc le sonrió.

—Todo eso que tienes que decirme cuéntaselo a Él.

Era una iglesia humilde con penumbra de toses desesperanzadas. Y Josechu se quedó solo frente al sagrario, mientras Papadoc se arrodillaba no lejos de un confesionario de madera sin barnizar.

Hacía un frío de cripta.

«Zin está muy flaco con el taparrabos mojado. Un costal de huesos es, con la cara verdosa de frío y un moco amarillento, ¡qué candela, Zin!, me burlo yo, también en bañador, saltando sobre la arena para calentarme. Estamos los dos solos en una playa sin confines, ¿dónde está la gente del mundo, Zin?, y él avanza hacia mí poniendo la cara de Frankestein que sabe y así, con las manos crispadas, enseñando las uñas, te voy a descuartizar, Jose, dice, y sigue acercándose, ya está bien, Zin, que me asustas cuando te pones así, parece un monstruo, y es que se ha metido un palo en la boca, una punta en cada parte, y bizquea meneando la cabeza a uno y otro lado como los mongólicos, te robaré a Begoñita, y yo echo a correr, si dices que Begoñita es fea y está más flaca que tú, que ni culo tiene, y me persigue en la playa llena de gaviotas. Su aliento golpea mi nuca, oigo sus gruñidos y corro, corro hasta sentir una punzada en el costado, que no puedo más, Zin, ya está bien, y caemos riéndonos en el colchón, es la hora de la siesta y estamos en mi casa, ¡a dormir!, ha dicho ama muy enfadada, pero nosotros no tenemos sueño, nos contamos las cosas, yo seré Cara Cortada, dice Zin, ametrallaré a la gente y tendré un auto negro más grande que un trans-

atlántico, lleno de ametralladoras, ra-ta-ta-tá...,
y yo, mi sacristán tiene tarjetas de mujeres, es
menos pecado que ametrallar, te verá la gaviota
blanca. Zin, bajándose los pantalones, mira qué
pelambre, ¿a que tú no la tienes así? Pero lo de la
gaviota, Zin, escucha, es el dedo de Dios, pregún-
tale a Papadoc, él lo sabe todo, deja en paz a
Papadoc, es un chiflado, dice que es el Capitán
Trueno pero qué va, nadie es el Capitán Trueno,
mira lo que hago yo, Josechu, fíjate, y le veo
saltar en la cama elástica en que se ha convertido el colchón de mi cama, y a cada salto grita
Zin, ¡arriba!, ¡arriba!, y en uno de los saltos lo
veo subir ingrávido, moviendo las piernas, pa-
teando y moviendo los brazos hasta hacerse pequeñito entre las nubes, Zin, ¿dónde estás, Zin?

»—Olvídate de Zin, guayabete —dice Gayola a
mi lado.

»Miro a mi alrededor, ¿qué ha pasado?, y Gayola me cuenta, es que te has excitado y al dar el
tirón, como estabas esposado al somier, se te ha
salido el codo.

»Gayolita tiene la cara llena de lágrimas. Me
dice:

»—Mikel te lo ha puesto en el sitio y te has
desmayado. Eso es todo lo que ha pasado.

»Miro mi brazo dolorido. Se ha puesto negro
y está hinchado.

»—¿Y Mikel?

»—Ahí está. Sigue en la radio las emisiones de
la policía por si consigue noticias de lo de Villacorta.

»—¿Por qué hacemos todo esto?

»Gayolita me besa los ojos. Sus labios recorren mi cara desde la nariz hasta el cuello, luchamos por destruir todo lo caduco, dice, empezando por la sociedad, tenemos que transformar el mundo.

»—Pero odiamos.

»—Hay que odiar.

»—El odio no sirve para nada.

»—¡Sirve, Josechu! Sin el odio no podríamos seguir adelante. Es el motor, nuestro motor. Por eso no podemos prescindir de él. Tenemos que aferrarnos a él si queremos ganar esta guerra.

»—Yo no puedo odiar. ¡No sé!

»Lágrimas. Llenándome el pecho, ataponando mi garganta, enturbiando mis ojos, que ven bailotear grotescamente las flores azules del empapelado. Las lágrimas queman la piel de mi cara, ¿cómo puede quemar tanto una lágrima?, pienso, y me digo que quizá sea el fuego que supura mi desesperanza.

»—¿Qué está pasando?

»Gayolita me lo explica pacientemente. Alguien ha matado a Villacorta, no sé sabe quién. La policía va de cráneo tras un supuesto comando pero no encuentra al responsable. Toda la ciudad está patas arriba, hay un centenar de detenidos

»—y nosotros tendríamos que estar fuera del piso a estas horas porque aquí no estamos seguros. Pero tal como se han puesto las cosas hemos decidido esperar, o sea, jugarnos el todo por el todo.

»—Lo hacéis por mí. Por mi culpa.

»—Lo hacemos porque no podemos hacer otra cosa. Estamos en la ratonera. En este momento ni siquiera sabríamos dónde ir.

»—¿Y qué ha pasado después?

»—Zin ha desaparecido con la mano herida. Ha ido en busca de un médico y después al piso de Papadoc.

»—¿Y mi juicio?

»—Aplazado. ¿No te acuerdas?

»—Me ejecutaréis.

»—Tranquilo. No pienses en eso. De momento lo más importante es conservar la calma. No ponernos nerviosos.

»Me tranquiliza, todo se arreglará, guayabete, ya verás como todo sale bien.

»—A mí el que me da más miedo es el Mostachos —dice—. Ha desaparecido también, aunque lo más probable es que busque a su Papadoc.

»—En resumidas cuentas, que la he armado.

»—Y gorda.

»—Yo siempre he sido así, Gayolita. No puedo remediarlo. ¿Y qué opinas de ese Santamaría? Me da mala espina.

»—Podría haber sido él.

»—No te entiendo.

»—El que se haya cargado al general. Es que no sabemos nada. Por eso lo mejor que puedes hacer es descansar. Relajarte. ¿Quieres un trago?

»Agua es lo que pido. Gayola me recomienda que no me mueva demasiado. Cuando sale en busca del agua veo aparecer a Mikel en la puerta.

»—¿Todavía duele? —me pregunta.

»—Algo.

»—Pues te he puesto un calmante de caballo.

»De pronto el miedo se apodera de mí. Ya no me acuerdo de Sanromán, ni la que se ha armado por mi culpa. Sólo pienso en mí.

»—¿Qué vais a hacerme, Mikel?

»—Tú reza para que no le pase nada a Papadoc.

»—¿Por qué me dices eso?

»—Porque es el único que podría hacer algo por ti. De los demás no esperes nada. Están rabiosos. En cuanto a lo que decidan, la verdad es que no lo sé. Quizá dejarte en la calle para que defiendas tu vida contra los policías o...

»—O contra un comando ejecutor. ¿No es eso?

»—Sí.

»Insisto. ¿Qué otra solución tiene lo mío? Y Mikel me vuelve la espalda,

»—sacarte —dice.

»Sacarme es llevarme a cualquier parte, donde me dejarán con un tiro en la nuca.

»Gayolita entra con un vaso de agua y el transistor. Callaos, dice, y lo deja sobre una silla, "... la relación sentimental que existió entre María Moscoso y el fallecido miembro de ETA, Burguete, hace pensar que el brutal asesinato de la joven haya sido llevado a cabo por miembros de dicha organización".

»Gayola exclama:

»—El Mostachos. Tiene que ser él.

»Mikel asiente, lleva su sello. El transistor sigue informando. "La residencia del general Villa-

corta está acordonada —a buenas horas, dice Gayolita secándose los labios— y todas las fuerzas
de Orden Público trabajan intensamente en el es-
clarecimiento de los hechos, así como en la búsqueda de los responsables del vil atentado. Veintitrés personas han sido detenidas...''

»—Quita eso —digo. Y Mikel cierra el transistor.

»Cuando Gayola sale le pregunto a Mikel por
su pipa.

»—¿Para qué la quieres?

»—Sería una solución. ¿O es que tú no lo has
pensado?

»—¡No seas animal, Josechu!

»Le digo mi sospecha.

»—Por un momento he pensado que me la po-
nías delante para que te la quitara y...

»—¿Y pegarte un tiro?

»Asiento avergonzado.

»—Estamos todos locos, Josechu. Eso es lo que
pasa. Por eso no te lo tengo en cuenta.

»Ahora me mira muy serio.

»—¿Quieres escaparte? Más tarde no vas a
tener ocasión.

»—¿Y tú? Te harían responsable.

»Mikel se encoge de hombros.»

Ante el sagrario recordó sus lejanos días de monaguillo, con los pequeños hurtos en las colectas
y la tirria contra el sacristán, el muy puerco,

siempre mostrándole tías despelotadas, dos pesetas si quieres ver la última, una revista alemana, la mejor que hay. Revivió las mañanas invernales de misa, gélidas mañanas en las que el frío ascendía de las losas como una risa helada, un quintal de sueño en cada párpado, no te duermas, Josechu, el vicario joven, y él poniendo un *et cum spiritu tuum* donde sólo cabía el *Deo gratias.* Y después, lenguas, labios, caritas de porcelana o viejas solanescas a la luz del cirio, porque era llegado el momento solemne de recibir al Señor. Y el mes de María, con el polen flotando en el aire espesado de humanidad sudorosa, un ahogo en el pecho el hedor mezclado con el incienso y el aroma de lirios y rosas, de rodillas las Hijas de María, menudo el culo que saca la Maruxa, murmuraba a su oído el sacristán. Y triduos, novenarios, los solemnes oficios de Semana Santa, cuando Cristo discutía con los fariseos porque quería hacer la revolución, cosas también del sacristán, Sixto, no jodas, le replicaba Josechu, ¿cómo va a ser Cristo del partido comunista? Terminaban crucificándolo los judíos, que nunca creyeron en sus intenciones de cambiar el mundo, pero Cristo tenía una gran ventaja y es que resucitaba cada año por Navidad, ¡paz en la Tierra!, aunque en la tierra de Josechu, la única que él conocía y amaba, en su tierra no había paz, sino todo lo contrario, se mataban unos a otros, ¡fuera los extranjeros! Entre todos, pensaba ahora Josechu, ponían el odio en el sitio que le correspondía al amor, del mismo modo que el sacristán había puesto mal las primeras piedras de la fe de Josechu. Mas ahora sabía que Dios no era un sacristán encanallado. Dios era un latido oculto entre la maraña de mercachifles y politicastros, de tarjetas de crédito, almas negociables, mercancía de cuerpos, suicidas de escándalo, grandes estafas, el compra o muere de la sociedad consumista, la máscara, el gesto, el sermón o el discurso. Dios era mucho más que el deseo de poder disfrazado de ideales nobles, más que la vida y la muerte.

Se sintió angustiado. Él quedaba al margen de la Divinidad. Sin presente ni futuro. Sin esperanza. No era nada. Si acaso, un cadáver al que tarde o temprano abandonaría acribillado en la calle para levantarse de él como el espíritu maldito en que se había convertido. Quedaría eso, un cuerpo roto, humillado por el perdón de las víctimas. Pasarían los tiempos y ni siquiera sería el héroe de la Patria, como había soñado, sino un muerto anónimo y, en el peor de los casos, figuraría en la nómina de los indeseables.

Buscó a Papadoc con la mirada, preguntándose por qué le había llevado a aquella pequeña iglesia. Seguramente sufría tanto o más que él a juzgar por la amargura de su rostro. Pensó también que quizá estaba necesitado de consuelo, por lo que fue en su busca, está tan solo como yo, murmuró, y lo esperó entre las sombras de una capilla hasta que le vio salir.

Caminaron hasta un bar que abría sus puertas en un chaflán lleno de desconchados, continúa el mal tiempo, dijo Papadoc, y Josechu no replicó a la banalidad. Sí quiso saber la causa de que le hubiera llevado a una iglesia.

Papadoc repuso sin mirarle:

—¿Qué querías, que te llevara a un teatro?

Se paró en mitad del arroyo.

—Tú tienes problemas de conciencia, ¿no?

—En efecto.

—¿Entonces dónde querías ir?

En el bar, una mujeruca asmática les ofreció tabaco y Josechu le compró dos paquetes de ducados.

—Es lo que menos imaginaba —dijo a Papadoc. Y sonrió mezclando en la sonrisa la desesperanza con un vago desdén.

—Qué.

—Que fueras creyente.

—Mejor lo dejamos estar.

Papadoc revolvía pausadamente el azúcar en su taza de café, lo está pasando mal, pensó Josechu al observar el surco que partía el entrecejo de su acompañante, duda o remordimiento, se dijo, en definitiva es la cuchillada de una obsesión.

Josechu:

—¿Te importa que me quede esta noche en tu piso?

—No, siempre que te apañes con un bote de fabada.

—Me da igual.

Aquella mujeruca, el grupito de obreros medio achispados, maketos en su mayoría, vaciando potes a destajo, ¿estarían alguna vez con ellos?

A juzgar por lo que discutían con el del mostrador, si Iríbar era demasiado viejo para estar debajo de los palos, lo que menos les importaba era la suerte del País. Quinielas, fútbol, el endiablado genio que sacaba la costilla si llegaban a casa tarde, el rijo y la risotada. Obreros de la ciudad, los han corrompido, habría dicho Papadoc, imitan al pequeño burgués, sueñan con el utilitario y el que lo tiene sólo piensa en el modo de cambiarlo. Pero ¿y los campesinos?, los campesinos malviven igual de resignados que sus vacas, con sólo un montón de mazorcas por todo capital. El culo en la tierra y los ojos en las nubes del cielo. Asustados. Jodidos. El tricornio les acojona. Y no digamos nosotros. Nos temen más que a la peste. Josechu le habría dicho todo esto a Papadoc y le habría preguntado, ¿vale la pena seguir?

En el piso, mientras el abrelatas de Papadoc luchaba contra el bote de fabada, Josechu le pidió que le relevara del trabajo del día siguiente, no es que renuncie a la lucha, nada de eso, dijo en un tono muy bajo, es que prefiero no actuar con Zin.

Levantó la voz:

—Si quieres lo hago yo solo.

—Te he dicho que no puede ser. En esta clase de operaciones se necesitan dos hombres por lo menos.

—Entonces qué.

—Veré de arreglarlo.

Pero notó que su mirada se había hecho eva-

siva y que los músculos del brazo se le endure-
cían excesivamente mientras su mano apretaba
con rabia el abrelatas.

—Ahora vamos a cenar —dijo Papadoc. Y
entró en la cocina, un pequeño rectángulo en el
que su humanidad se agigantaba, la espalda que
tiene el tío, pensó Josechu mientras desplegaba
sobre la mesa dos servilletas gastadas por el lavado excesivo.

Salió con dos platos, uno en cada mano.

—¿Qué tienes contra Zin?

—Nada. Ya te lo he dicho. No me gusta su
crueldad.

—No será nada personal.

—En absoluto. Somos amigos. Pero ha cambiado mucho.

Solía ocurrir. Al entusiasmo de los primeros
tiempos sucedía una rutina enervante. Muchos
jóvenes de la Organización, adictos a la droga del
terrorismo, sentían cómo les abandonaba la místi-
ca revolucionaria. Olvidaban los textos sagrados,
desmitificaban a los héroes de su épica particular
al tratarlos con frecuencia, se vaciaban de nervio.
Y a medida que este proceso desintegrador seguía
su desarrollo aumentaba la tendencia a la crueldad, como si las víctimas fueran las responsables
del deterioro espiritual de sus verdugos.

—Quizá lo que te pasa es que olvidas la crueldad del enemigo. En los cuartelillos se sigue tor-
turando, Josechu. Y no es que lo diga yo boni-
tamente. Lo sabes tú. Lo sabemos todos. Lo denuncia Amnistía Internacional. En cuanto a las

cárceles, ya sabes cómo están. A tope. ¿Cómo crees tú que lo están pasando nuestros hombres?

—Aunque sea así.

—¿Aunque sea así?

—Una guerra como la nuestra no constituye únicamente el frente armado. Son otras cosas las que cuentan.

—¿Por ejemplo?

—La limpieza moral y la pureza de intenciones. Éste es un frente que no puede olvidarse.

Se sentaron a la mesa y Papadoc pronunció la palabra crítico mientras rebanaba concienzudamente una barra de pan.

—El pueblo no nos seguirá —dijo Josechu—. Si no se corta la violencia, o se modera, la gente acabará por sentirse asqueada de nosotros. Y si denunciar esta realidad es ser un crítico, pues vale. Es tu problema.

Josechu engrasaba su paladar con un pedazo de tocino mientras pensaba, me estoy jugando el cuello, pero alguien tiene que decírselo.

—No somos indispensables —murmuró.

—O sea que, según tú, la Organización sobra.

—Yo no he dicho tal cosa. Trato de decir que el País, nuestro País, seguirá existiendo pase lo que pase. Y que nuestra historia, si seguimos actuando como hasta ahora, no va a conocernos precisamente como unos caballeros de la Tabla Redonda.

—¿Alguna solución?

—Normas nuevas. La normativa vieja no vale.

Hace falta imponer criterios distintos, airear la ideología belicista, ventilarla, limpiarla de fanatismo. Si lo hiciéramos así la gente joven nos seguiría. Los arrastraríamos,

Mientras hablaba, Papadoc le observaba, rígido, inmóvil el tenedor, sin un parpadeo,

—no hay que olvidar por otra parte que tenemos el tiempo en contra. Son muchos años de propaganda antiterrorista y eso cala en las mentes de la nueva generación. Y todo esto sin contar con otro factor que parece olvidar el buru.

—Sí. Explícate.

—Sencillamente, que el terrorismo, como fenómeno sociológico, empieza a aburrir a la gente. Se está gastando, Papadoc. Y al hablar de terrorismo me refiero al de los nacionalismos en particular, no al terrorismo estatal, el del cono Sur y todo eso, que ése va para largo precisamente porque los Estados disponen de los tanques y de otra arma más poderosa, que son los medios de comunicación.

—Sabes que te aprecio —dijo Papadoc levantándose de la mesa—. Te consta que me caíste bien desde el primer momento. Un poco impulsivo, pero ésa es enfermedad que se cura con el tiempo. Sin embargo...

—Te molesta que te hable así, ¿verdad?

—Me sorprende. Creía que te habías curado de tu vanidad. Que sabías lo mucho que te falta por aprender. Y en estos momentos, lo que has de tener presente es que un pronto tuyo, cualquier tontería que hagas sin medir el alcance de sus consecuencias, nos podría costar muy caro a todos. Especialmente a ti.

—Puede que esté equivocado —admitió Josechu.

Pero pensaba, estás envejeciendo, Papadoc, un roble eres, nadie lo pone en duda, y te pasas las noches enteras sin dormir, preparando nuevos planes de ataque, montándote estrategias que desconcierten al enemigo, escuchando las emisiones de la policía, siguiéndoles el rastro, olfateando hasta en las ondas del éter, aunque me consta que empiezas a preguntarte cuánto resistirás en este agujero por muy fuerte que seas.

—¿Quieres que mande a Mostachos en tu lugar?

—¿Qué dirá él?

—Nada. Obedecerá. En cuanto a ti, sigues encargado de la vigilancia en Capitanía.

—¿Cuál va a ser mi misión?

—Avisar en seguida que salga el coche de Villacorta. Todo lo demás estará en orden.

Todo en orden. Especialmente tus dudas, Papadoc, tu obcecación, el hecho de negarte a aceptar que el pueblo, nuestro pueblo, empieza a creer más en los caminos de la democracia, caminos difíciles, lo reconozco, que en los sangrientos vericuetos de la alevosía y el crimen. Todo en orden, excepto tu fe en los métodos que utilizas para sembrar el terror entre tus conciudadanos. Pero hay algo más, Papadoc. Está la conciencia. Dejando a un lado las cuestiones de estrategia, sobre lo que habría mucho que discutir, ¿qué me dices del temor de Dios? Es tu tendón de Aquiles, Papadoc. Te lo he notado en la iglesia. De rodillas eras un hombre derrotado, pero un hombre, que es lo que te niegas a ser. Lástima me das, Papadoc.

—Copa es lo que no puedo ofrecerte —se excusó. Y procedió a retirar los platos de la mesa.

Josechu le siguió hasta la cocina.

—¿Desde cuándo estás en la Organización?

—Mucho tiempo hace.

—¿Demasiado quizá?

—Hay ciertas cosas para las que el tiempo no cuenta.

Fregaron los platos en silencio. Después, con el inconcreto relajamiento que se siente después de un trabajo manual, conversaron hasta casi la madrugada. Los argumentos eran floretes sin embotar y la charla se convertía a veces en una sutil esgrima de intenciones. Papadoc pasó revista a la Organización desde sus orígenes, nacimos en el cincuenta y nueve del error de la política gubernamental y del carácter reivindicativo y luchador de nuestro pueblo, cuyos objetivos son independentistas, la semántica, Josechu, porque no suena lo mismo independentismo que separatismo, una palabra que viene generando situaciones de recelo, especialmente en el área centralista y entre los llamados vasco-españoles. En seguida se produjo la represión y, con ella, nuestro fortalecimiento. Mas ahora existe un grave peligro, Papadoc, si la democracia avanza, y lo hace escalonadamente, es decir, con cuentagotas, nosotros podríamos llevar al País a una situación de conflictividad permanente, una sangría y, además, algo que a la larga supone la ruina de nuestra propia riqueza, estamos acabando con la economía nuestra y eso la gente lo huele. De seguir como vamos, la espiral de violencia aumentará la crisis económica y el paro, el cuento de nunca acabar. Y la ira de Papadoc, pues que se larguen de aquí y que nos dejen un sitio honorable en nuestro parlamentarismo. Todo se arreglaría.

Josechu:

—¿Tú crees?

—Seguro. Por eso precisamente estamos luchando.

—Vamos a ver. Defíneme la Organización.

—Somos revolucionarios armados que luchan por la independencia del País para convertirlo en un Estado.

—Separado del español y del francés.

—Por supuesto. Y no me vengas con que son utopías. Puede lograrse. ¡Tiene que lograrse! Hay una izquierda abertzale muy fuerte y la juventud está con nosotros.

Pero Josechu sonreía y su sonrisa, tristemente incrédula, empezaba a hacer mella en los nervios de Papadoc, ¿qué te pasa, muchacho?, ¿es que has perdido la fe?

—No es eso. Se trata de una simple cuestión de números.

—Vamos a ver.

—Después de tantos años de violencia, ¿cuántos son en la actualidad los compatriotas dispuestos a seguirnos por el camino de las armas? ¿Conoces tú el número exacto? ¿Lo sabe alguien?

El calor de la estufa encendía sus caras y el fuego de la convicción acentuaba el énfasis de las palabras. Papadoc denegó con la cabeza.

—no, eso no puede saberlo nadie, pero tengo la seguridad de que la mayoría está con nosotros.

—¿Y si no fuera así?

—Imposible.

—Hay algo de fanatismo en tu actitud. ¿Podrías explicar por qué es imposible? Si no lo haces tendrás que aceptar tu valoración dogmática del problema. O no crítica. Opuesta por tanto al socialismo marxista. Creo que la cosa no tiene vuelta de hoja.

—Saca tu conclusión.

—Sencillísima. Si la juventud se inhibe y los sectores que cooperan con la Organización nos dan la espalda, ya podemos echar el cierre.

Y la indignación repentina de Josechu: lo que no me explico es que un hombre como tú, que llevas el realismo en la sangre, ¿o va a resultar que te mueves a impulsos del misticismo?, y Papadoc, frío, frío, Josechu, espera, déjame hablar —Josechu—, perdona, decía que no me explico que tíos como tú, que conoces perfectamente el problema y que has vivido todas las fases de la Guerra Revolucionaria, que la has creado, para ser más exacto, tú, siempre en contacto con el buru, el gran coordinador, el gran teórico, el mejor experto en el tema de la guerrilla urbana, un cerebro privilegiado a la hora de la evasión o de proyectar un secuestro, no me explico cómo tú, esa ibeeme, no te das cuenta del peligro que corre la Organización si el pueblo llega a denunciar nuestras acciones violentas y acaba por repudiarnos, y ahora dime, ¿qué postura adoptarías si se llegara a esa situación?

—Nunca llegaremos a tal situación.

—Dame un argumento válido pero razona. No dogmatices.

—Déjalo. Será mejor.

—Pues acepta mi supuesto. ¿Qué harías tú si el pueblo nos abandonara a nuestra suerte?

Silencio. Y desde el silencio, únicamente alterado por los menudos crujidos de la estufa y por las bofetadas del viento en la ventana, la conclusión de Josechu, te estoy viendo, Papadoc, veo tu futuro de solitario poniendo bombas sin sentido por ahí, veo al lobo expulsado de la manada dando las últimas dentelladas, adivino en ti la sombra que huye, un eco de violencia que se apaga solitario.

—Es que tus razonamientos son hábiles falacias, Josechu.

—Nada de eso. Te he preguntado qué actitud adoptarías si el pueblo vasco nos retirara su confianza. Si es que la tuvimos alguna vez.

—Pues no lo sé.

—Yo sí. Te convertirías en un furtivo. En otras palabras, serías un irredento.

—Es posible.

Papadoc se levantó y cogió de la estantería el tomito de Horacio. Parecía haber olvidado las tres horas largas de conversación. Horas tensas.

—¿Lees latín? —le preguntó Josechu.

—Horacio sabe mucho mejor en su propia salsa. Carecemos de buenas traducciones. Fray Luis se acerca mucho al pensamiento del autor en las Odas. Pero para las Sátiras y las Epístolas, Bart. En alemán, claro.

Latín y alemán. Josechu se encogió de hombros mientras se dirigía al dormitorio, menudo es Papadoc, pensó, y se preguntó si habría algo que no supiera.

—No quisiera molestarte. Puedo dormir en ese silloncito —dijo asomando la cabeza por la puerta entreabierta.

—Yo no suelo acostarme. Leo aquí. O cavilo.

—Entonces hasta mañana.

—Que descanses.

Pero no pudo descansar. Se ahogaba en aquel cuartucho interior con las paredes forradas de libros. Por otra parte temía haber ido demasiado lejos, aunque yo no puedo engañar a este hombre, se repitió una y otra vez, no puedo engañarle.

Todavía era de noche cuando se levantó. Vio a Papadoc dormido en el sillón y cubrió sus hombros con una manta. Que Dios nos asista, dijo mentalmente mientras se dirigía a la puerta del piso.

En la calle seguía la ventolera.

«Me niego a huir, le digo, y Mikel me deja a solas con mi brazo dolorido y el avispero en que se ha convertido mi cabeza, Papadoc sin aparecer, el Mostachos con su trabajito y Zin, ese maldito, suelto por ahí. De vez en cuando resuena en mi oído la voz de Begoñita, "dice Mikel que sólo podemos hablar un minuto, me iré contigo, te quiero, Josechu..." ¿Y qué podía hacer yo sino llorar como un imbécil mientras escuchaba sus palabras?, mas Gayolita apremiaba a mi espalda, corta, guayabete, corta, que la poli lo escucha todo, piensa en los compañeros. Y colgué antes de que transcurriera el minuto. A nadie se lo doy a pasar, oírla, saber que me quiere y tener que renunciar a ella, y Gayola, cada vez más nerviosa, vamos a meter este chisme en el cuarto, de prisa, arrastrándolo entre los dos, que como aparezca Zin nos pega dos tiros. Y ahora, nada que hacer. Mirar las puntas de mis botas estirado en la cama, ¿no es ésta la postura de los muertos solemnes?, y recordar cosas agradables, como la tarde en que la vi por última vez, de lejos, claro, yo en el milcuatrocientos que había afanado Gayola, qué habilidad la tía con los motores, hasta un cohete espacial es capaz de poner en marcha, yo en el coche y Begoñita rodeada de críos en el patio del parvulario, delgada, descolorida, la cintura un suspiro, y yo envidiando a la niña de las trenzas color miel, a la que besa en la frente pienso si para consolarla. Pero qué pedazo de animal eres, me dije rechazando la tentación de masturbarme allí mismo, y aporreo el volante con rabia, la has perdido por idiota. La luz se enturbió en mis ojos igual que la figura de Begoñita, que bailoteaba metida dentro del cristal de mis lágrimas. ¿Y si la llamara por teléfono? Fácil. Con el listín de calles, facilísimo. No seas bruto, reflexioné, que en el negocio en que andas metido no se puede jugar y tú te pierdes por ahí, crees que la vida es un juego y aquí te has dado de narices contra el suelo. Oías lejanas las voces de las niñas pero no oías la de ella aunque la veías mover los labios. Y en eso estabas, tratando de recordar su voz, cuando apareció el urbano, tieso el esqueleto orgulloso, haga el favor de circular, y uno de mis prontos, ¡calla, carajo de mierda!, me revolví con más veneno en el cuerpo que un alacrán, y el tío que se acojona de puro asombro, que reacciona, a ver, documentación, documentación te voy a dar yo, y cogí la pipa de la guantera y sin encomendarme a Dios ni al diablo le metí una píldora entre ceja y ceja, ¡agur, maketo! Qué fácil después abandonar el milcuatrocientos en una esquina, entrar en una cabina y llamar a un periódico, GRAPO reivindica... En seguida, el temporal de noticias absurdas, las mil y una conjeturas de la policía, pero yo no me percataba exactamente del peligro en que ponía a los nuestros ni de cómo me estaba encanallando.

»Me adormezco en la herboristería de la señora Concha, donde el silencio es fresco y compacto, oigo la voz de mi madre, lo haremos monaguillo de la parroquia del Santo Cristo, siento en la piel de mi infancia como un cosquilleo el tiqui-tac de las agujas de hacer punto de la señora Concha, una vieja baldada de cara fofa como un pan a medio hornear, así empezaron muchos santos, dice, y yo me siento culpable, santo, con las porquerías que hacemos Zin y yo, pecados mortales. Hay un reloj de pared grande con las agujas paradas sobre el nueve romano acostado, cadáver de reloj porque en la herboristería el tiempo ha muerto. La voz de la señora Concha es como un viejo fonógrafo que se para, qué suerte usted con los hijos, a cuál de los dos más bueno, y una tan sola. Cada vez que se abre la puerta suena una campanilla alegremente y al mismo tiempo entra el rumor de la calle, las voces de la gente.

»Aunque me esfuerzo, no consigo distinguir estas nuevas voces. No sé a qué personas pertenecen.

»—Han vuelto, Josechu —dice Gayola.

»—¿Quiénes han vuelto?

»—Zin. Y el Mostachos. Están ahí.

»Pregunto por mi hermano. Mikel no ha llegado aún, no sé qué puede pasarle, ¿por qué no me dejan apacentar mi niñez en la herboristería de doña Concha?, se me caen los párpados como si fueran dos gruesas gotas de mercurio,

»—mira, Gayola, que hagan lo que quieran —murmuro. Y me dejo arrastrar por la inercia del sueño, un fresco río ahora que la puerta está abierta y pasa el aire. Esperarán media hora, hasta las dos, me dice al oído Gayolita, y yo sonrío escéptico porque sé que el reloj murió a las nueve menos cuarto.

»—Me gustaría hablar contigo, guayabete. Nunca hemos hablado.

»—Te escucho.

»—¿Tú crees en el destino?

»Me encojo de hombros. Pues yo sí, dice, y pienso que el mío es que me maten los hombres que quiero. Y me aprieta la mano sana, que la otra la tengo embotada, una mierda es todo esto, ya está claro. Acaricia mi cara. ¿Sabes? A mí me habría gustado ser una mujer elegante. Me paro delante de los escaparates y es que la gozo, oye. Envidio a esas chavalas que van por ahí pintadas, con zapatos altos, meneando el trasero. Mira, caí en la trampa. Al principio estaba convencida de que los nuestros eran los más listos, los mejores, y que si alguien nos odiaba eran los malditos oligarcas, peor para ellos. Claro, había otro sector de gente que nos ayudaba. ¿Te acuerdas? Cuanto más grande era la burrada que hacíamos más fuertes eran los aplausos de estas personas. ¡Machos ellos! ¡Son geniales! En cambio ahora, con esto de la democracia, cuánto han cambiado las cosas. Bordes. Ya no les interesan nuestras acciones. ¿O me lo parece a mí? Total, que me encuentro a mis veintiséis años con que no soy nadie. Nadie, guayabete. Ni siquiera una mujer.

»La miro a los ojos.

»—Te lo juro, Josechu. En la cama, sí. Doy tanto como la primera. Pero eso no es ser una mujer. Es comportarse como la hembra que ha nacido una, porque de travesti nada. Lo que quiero decir es que las cosas propias de la mujer, cosas ridículas si tú quieres, esas cosas no existen para mí. Por ejemplo, eso que llaman coquetería, medio timarse con un tío, calentarle los cascos o lo que sea, comprar en una perfumería la última marca de rímel y probar a ver si te favorece. O ponerme vestidos en una boutique, aunque no los compre. Si este sacrificio que hacemos tuviera al menos su recompensa, tira que te va. Pero no es así. Ahora parece que les molestamos. Los izquierdosos no saben qué clase de declaraciones hacer a la prensa. Bueno, sí lo saben. Todos condenan la violencia. ¡A buenas horas! Antes bien que se aprovechaban de nuestros actos violentos. Qué se le va a hacer. Me armo un verdadero lío cuando pienso en estas cosas. Lo que quiero decir es que ahora estoy segura de que me habría gustado casarme. O arrejuntarme. Eso me da lo mismo. Pero mejor casarme, de blanco por supuesto, y tener mi piso, mis chismes de cocina, un gran televisor en color, y charlar en el portal de la casa con las vecinas. No sé, de lo que tú quieras. Todo eso habría sido sentirme mujer, que ahora no sé lo que soy. Un tanque me figuro, un blindado contra todo lo que huela a ternura, ¿tú te imaginas lo bonito que debe de ser querer a un hombre, esperarlo por la tarde, que te saque un rato por ahí? Acostarte con él es lo de menos. Bueno, claro, tú no entiendes de estas cosas, pero te juro que sé lo que me digo.

»Apoya la cabeza sobre mi pecho, se ha hecho demasiado tarde, dice, y suspira, porque el caso es que no podemos hacer marcha atrás. Somos mierda, guayabete. Nos han convertido en mierda nuestros propios ideales.

»Pienso que lleva razón esta Gayolita aparentemente fuera de control, máquina destrozapipas a primera vista, extraño bicho mezcla de bestia apayasada y de hermafrodita, tiorra y lesbiana a la vez, pero con un corazón de oro.

»—Tú eres una magnífica compañera y una gran mujer —le digo.

»—¿Lo dices de veras?

»—Completamente.

»—Pues anímate. Podemos huir. Todavía hay esperanza.

»Me incorporo en la cama, no me quedan fuerzas, replico, y no me refiero a las fuerzas físicas, son las de dentro las que me fallan, además

»—me preocupáis todos demasiado para pensar en mí. Mikel, tú misma, Papadoc. ¿Qué va a ser de vosotros? ¿Cuál es vuestro fin? A veces pienso que lo mejor que he hecho en mi vida es haberos llevado a esta situación límite. Ahora no tenéis más remedio que reflexionar.

»—Los de fuera me han quitado la pistola.

»—¿Y si te dijera que me alegro?

»—Sí, claro. Te comprendo.

»—Que hagan lo que quieran.

»—Zin jura que se acabó lo que se daba. Ya no hay comando que valga desde la desaparición de Papadoc. Dice que ahora se trata de un asunto de hombres.

»Zin irrumpe en el cuarto hecho una fiera. ¡Puercos!, exclama empuñando un nueve Firebird, que sólo pensáis en joder, malditos cochinos. Veo el vendaje de su mano herida empapado en sangre. Y tú, traidor, ¡soplón!, deja de hacerte el interesante y prepárate.

»Gayolita se interpone entre Zin y mi cama, venga, hombre, serénate, Zin, tengo que cambiar esa venda, a ver si calmamos los nervios.

»En la puerta, el Mostachos espera con un trozo de regaliz en la boca. Tiene toda la pinta de un forajido.»

A pocos metros de él, en el césped, picoteaban frioleros unos gorriones. Josechu dobló el *ABC* y lo dejó junto a sí en el banco pintado de verde. Luego estiró las piernas y apoyó la cabeza en el banco buscando la tibieza del sol en la cara. Todo en orden, pensó, ningún movimiento anormal, la misma guardia de siempre, tranquilidad. Guardaba en la retina la imagen del portal de Capitanía, un arco de medio punto sobre el que campeaba el escudo nacional esculpido en una piedra blancuzca, el balcón corrido con el asta de la bandera en el centro y abajo, en la acera, las siluetas de las dos garitas pintadas de gris plomo. Un soldado con capote y casco paseaba arriba y abajo con la metralleta ojo avizor. Entre las sombras del portal circulaban de vez en cuando hombres uniformados. Eran, según la profundidad, medios cuerpos, piernas o botas claveteadas caminando sobre los abrillantados adoquines. Por lo demás, tranquilidad. Algunos transeúntes, pocos, en la acera, y en la glorieta, como siempre, la presencia de los jubilados y algunos críos bajo la vigilancia familiar.

A aquellas horas, sobre las once de la mañana, ya estaría todo preparado en el piso del comando. Josechu veía mentalmente a Zin revisando la Beretz de culata abatible, comprobando el ajuste del cargador, veinte cartuchos ya dan de sí, pensó, y al Mostachos, indiferente, ¿por qué coño tengo que bañarme yo?, rehuyendo como siempre la ablución ritual que limpia el cuerpo de impurezas, despeja la cabeza y aumenta los reflejos en el momento de actuar. El Mostachos, que lo único que había conseguido aprender del *Minimanual de la guerrilla urbana*, de Marighella, era aquello de que «la razón de ser del guerrillero urbano es la de apretar el gatillo de su fusil», gitano, pero qué animal de bellota eres, pensó. Y en sus labios se pintó una leve sonrisa teñida de tristeza.

Tomó el diario y se levantó, observando después alrededor por si había algún vehículo sospechoso, estos cabrones te sacan una foto por menos de nada, ni que fuera uno el Julio Iglesias. Caminaba distendido, el periódico debajo del brazo y la vista en la pequeña fuente de bronce tapizada de verdín, volviéndose de vez en cuando para mirarla desde ángulos distintos, como si aquello le interesara realmente o sufriera la hipnosis de las gotas que danzaban en lo alto grávidas de luz para rebotar ahiladas sobre el temblor de la superficie. Al llegar al final del parque se detuvo junto al bordillo de la acera y esperó a que pasara un autobús de línea. Luego cruzó, caminó por la acera de Capitanía y dobló la esquina. No lejos, en el callejón, empujó la puerta de una tasca frecuentada por soldados. Cómo está esto hoy, pensó al recibir en la cara el acre bofetón del ambiente, se nota que se acerca la Navidad. En vista de lo difícil que se hacía avanzar hacia el interior del establecimiento se quedó de pie junto a la puerta. Y allí precisamente, delante de él, rozando con el tabardo el capote de su uniforme, estaba el chófer del general Villacorta. Se acodó a su lado como pudo y pidió un blanco. Pero qué fieras somos los humanos, se dijo eludiendo la mirada del soldado, dentro de poco me hablará, o seré yo quien le dirija la palabra, qué, ¿esperando el permiso?, y ese pobre diablo nunca se enterará de que el chaval tan agradable de la tasca le estaba cavando la sepultura. A lo mejor, si le hace gracia mi chiste, se muere con la imagen de mi cara en el pensamiento. Pero hay que ser así. No pensar. El verdadero revolucionario no se plantea este tipo de cuestiones. El secreto está, gitano, y en esto he de darte la razón, el secreto está en apretar el gatillo del fusil. No se puede uno encariñar. Tu conciencia es la del grupo. Sin más comentarios. Por eso no puedes permitirte el lujo de considerar a alguien como cosa tuya, ese tuyo íntimo, el familiar *tuyo*, el amigo *tuyo*.

Pero el chófer del general no le dirigió la palabra. Se puso a hablar con un cabo imberbe de pelo ratado que salía del fondo de la tasca, ¡demasié tu Leocadia, Fernandillo!, ¿y tú qué haces por aquí tan pronto?, y el chófer del general, tengo que ir al aeropuerto y había que limpiar el coche, pues sí que te han jodido. Y las risas de ambos, un abrazo que no llega a cuajar porque son muchas personas y poco espacio.

Al aeropuerto. ¿A qué? ¿Cuándo tendría que ir? ¿Viajaba Villacorta o esperaba a alguien? ¿Algún jefazo a la vista? Preguntas como alfilerazos. Y el chófer sacando la cartera para pagar su consumición, ¿me cobras, tú?, menos mal que el de la barra iba despistado en el extremo opuesto, y de pronto la voz de Josechu:

—El pobre tío va de culo. Demasiados clientes para él solo.

Y su risita hipócrita, yo le he pedido un blanco y ni puto caso.

—Pues como no se apure me largo sin pagar. Se me está haciendo tarde.

—¿De permiso ya?

—Qué va. Hasta pasado mañana ni olerlo.

Cómplices involuntarios son el paquete de ducados y el bic amarillo, qué seguros son estos encendedores, a mí que no me den otros, y el soldado, pues yo lo he perdido o me lo han afanado por ahí. Y ríe enseñando unos dientes blanquísimos.

—Toma. Llévate éste.

—No, déjalo.

Y Josechu, sacando el bic azul, perdona Gayolita pero es cuestión de minutos,

—tengo otro. Llévatelo, hombre.

—Pues me haces un favor porque salgo ahora mismo para el aeropuerto, que ya tenía que estar rodando.

—¿Eres chófer?

—De un general.

—Los tíos, qué suerte. Seguro que se va a casa de vacaciones. Y tú al pie del cañón.

—¿Quién, ése? Ése es más tieso que un palo. Hasta el último día está en su despacho. Yo voy a recoger una hija suya que viene de Madrid.

—En Navidad ya se sabe. La familia se junta. ¿Viene sola?

—Con su hija. Una chavala de quince años que está como Dios. Y simpática ella. Llanota.

Y de nuevo la risa hipócrita, afortunado tú que la paseas, hasta casa del general, supongo, y el chófer al de la barra, ¡cóbrame, coño!, y dándole al bic, déjame que te pague el vino,

—por lo menos, ¿no?

—Vale.

Agur. El soldado había puesto sobre la baquelita de la barra dos monedas de veinticinco y una de cinco, de propina, y se dirigía hacia la puerta, que se me escapa, maldita sea, y en un último intento Josechu le agarró del brazo y le dijo al oído querendón, le das un pellizco de mi parte cuando llegues a casa, a ellas les gusta y el general no te verá. Y la risa confiada del otro, que acaba de picar:

—Lo malo es que no vamos a casa.

—¡Una lástima, joder! ¿Dónde vais?

—Volvemos aquí en seguida. Recogemos al general a las dos en punto, ¿no te digo que ése no se casa con nadie?, y entonces sí, entonces a casita.

—¡Suerte, majo!

Qué putada, Josechu, le deseas suerte a ese infeliz sabiendo que dentro de un par de horas tendrá el cuerpo lleno de agujeros por tu culpa, porque tanto el Mostachos como Zin no se paran en barras, lo destrozarán aunque puedan evitarlo. Fue entonces cuando se dio cuenta de la carnicería que iba a producirse si él no ponía remedio. Porque no caería el chófer solamente, caerían aquellas dos mujeres. Y las vio mentalmente, vio sus pedazos, el rostro crispado de la madre y la carne suave de la niña, perforada, rota entre la sangre negruzca.

Salió de la tasca con el aroma del blanco pegado al paladar. En la acera de Capitanía alguien le saludó. Era el chófer de Villacorta, que le sonreía amistosamente. Caminó de prisa, preguntándose qué clase de persona era, un fanático, un psicópata que trata de justificar sus crímenes con razones de tan poco peso como la libertad de un pueblo que seguramente se negaba a adquirirla a tal precio. «Es necesario, para transformar una crisis política en lucha armada, que obliguemos al poder a instaurar el estado de sitio. Esto le privará de las masas, las cuales no tardarán en rebelarse contra la Policía y el Ejército al hacerlos responsables de esta situación.» Recordaba estas parrafadas de Marighella, el terrorista brasileño, sin hallar justificación al crimen, precisamente porque se hace odioso, sobre todo a las masas, que reaccionan visceralmente contra las *massacres* y el dolor ajeno. Es un planteamiento falso, se decía mientras caminaba en busca de una cabina, porque desde el punto de vista político el terrorismo es una especie de *boomerang* que acaba golpeando a quien lo emplea, que se vuelve contra él. Estaba nervioso, pendiente del reloj, las doce menos cinco, y la única cabina que encuentro está ocupada. Por la concurrida acera, retazos de conversación, viandantes apresurados, familias cargadas de paquetes, se acerca la Navidad y nosotros, los abnegados héroes del pueblo, monstruos de la Patria, pensando en liquidar mujeres inocentes, ¿qué clase de lenguaje es el nuestro?

De sobra lo conocía él. El lenguaje del terrorismo, fuera cual fuera el signo de éste, pretendía como todo lenguaje persuadir. Cuando se trataba de terrorismo de Estado, el mensaje iba dirigido a ciertas minorías, étnicas o políticas, el caso de Hitler antes de decretar el holocausto de los judíos. En el caso de ellos, el mensaje lo recibía el centralismo estatal en forma de sabotaje, secuestro o muerte. El Estado podía reconstruir fácilmente un puente, podía sustituir al general asesinado por otro, lo que no podía era impedir el clima de pavor creado por el terrorismo. En resumen, no podía contra el propio terrorismo.

Mientras caminaba por la cada vez más concurrida acera dio en imaginar cómo serían la hija y la nieta del general Villacorta. A la madre la vio con la nariz levantada, un gesto muy del sexo débil de la gran familia militar, y sonrió, pero la niña era diferente. Miraba a las señoras de buen ver y a las quinceañeras que se cruzaban con él, tratando de encontrar parecidos físicos entre algunas de ellas y las que imaginaba en su lucubración. Tuvo que desistir porque el tiempo se le echaba encima. Hay que actuar, Josechu, pensó torciendo a la derecha en busca de una cabina conocida. Pero al teléfono de Papadoc no contestaba nadie. Repitió la llamada dos veces con idéntico resultado. Entonces pensó en Gayolita y marcó el número del piso del comando. ¿Todo en orden, Gayola? Tranquilidad en todos los frentes, ¿y a ti cómo te va? Quizá tengamos problemas. Y Gayolita, ¿dónde estás?, tardo diez minutos.

Al verla empujar la puerta de la cafetería donde la había citado se sintió más tranquilo.

—Irán dos mujeres en el coche del general —le dijo ayudándola a empinarse en el taburete de la barra—. Su hija y su nieta, una chavala de quince años.

—Pues sí que estamos buenos.

Levantó las cejas, no sé qué decirte, guayabete, está todo muy adelantado. Hay tres comandos esperando en su puesto, así que si esto no lo para Papadoc creo que no va a tener arreglo.

Se miraron a los ojos preguntándose en silencio, ¿qué podemos hacer? Durante un tiempo fue una conversación mental, ya que sobraban las palabras para comunicarse todo el horror del momento, el horror y al mismo tiempo el pánico, porque tal como está Zin, Gayolita, con el odio que me tiene, le faltaría el tiempo para pegarme cuatro tiros si me decidiera a actuar por mi cuenta, ¿a qué le dices tú actuar?, ¡a parar este golpe como sea! Y, también mentalmente, lloraron sus ojos secos en silencio, y se cogieron de la mano, estrujándose los dedos, llenos de humillación, hasta dónde hemos llegado, Gayolita, pedimos consuelo a nuestras manos y las rechazamos instintivamente porque están manchadas de sangre.

Se soltaron a impulsos de un inconcreto sentimiento de repulsión.

—Van a pensar que hacemos manitas —dijo Gayola.

Y él:

—¿Dónde demonios se habrá metido Papadoc?

—Llama otra vez, aunque sea desde aquí mismo.

—Ahora vuelvo.

Josechu repitió la llamada y consultó su reloj, va a ser la una y el general sale de Capitanía a las dos en punto, pensó mientras buscaba a Gayola con la mirada.

Cuando volvió a su lado estaba muy pálido.

Nada, no está. Y añadió quitándose el tabardo, demasiada calefacción, pero ella sabía que no era la calefacción, era una mezcla de remordimiento, miedo y desesperanza, y un oculto temor hacia un Ser inconcreto que le transmitía el mensaje, no puedes consentirlo, Josechu, sería una acción atroz, dos mujeres...

—Dos mujeres, Gayolita. ¿Te haces cargo? Y una de ellas es una niña todavía.

—El Mostachos tiene razón. De un tiempo a la parte tenemos la negra.

Josechu se había puesto de espaldas a la barra por si descubría entre los clientes algún sospechoso. Nada de particular. Dos parejas jóvenes en las mesas y los habituales del chateo, a juzgar por la familiaridad con que trataban al camarero.

—Tengo que irme —murmuró Gayola—. Si te parece, puedo hablarles a Zin y al Mostachos.

—¿Y qué piensas decirles? ¿Que tiren con agua bendita?

—Simplemente que tengan cuidado.

—¿Ésos?

—Entonces seguiré buscando a Papadoc. No se puede hacer otra cosa.

—Llama a todos los pisos. Puede que lo encuentres en alguno de ellos.

Una pausa.

—Me voy —dijo ella deslizándose del taburete. Y le miró, piensa bien lo que haces, y no te metas en líos, decían sus ojos, y su sonrisa triste añadió, mala suerte, paciencia.

—Hasta las dos menos veinte en punto espero tu llamada aquí. Si dieras con Papadoc, que me llame él personalmente. Pero recuerda, hasta las dos menos veinte. Ni un minuto más.

—Está bien. Ten mucho cuidado.

—Lo mismo digo.

«Por fin me entero del motivo de tantas idas y venidas. Me lo dice Mostachos, que entra cuando Gayola se lleva a Zin de aquí con el pretexto de cambiarle el vendaje.

»—Hemos vaciado el piso. Nos lo hemos llevado todo a otra parte.

»Sentado a los pies de la cama, el Mostachos continúa, no ha sido nada fácil, joder, todas las pipas, la munición, tres Mariettas, una docena de granadas, no sé cuántos botes de humo, uniformes, placas, la intemerata, joder,

»—pero ya está —añade. Y sonríe pasándose el canutillo de regaliz de un extremo a otro de la boca—. Tu hermano hace el último viaje. Los disfraces. Un circo parecía con tanta ropa.

»Se queda mirando al techo.

»Mikel es todo un hombre —dice—, no como tú, que te metiste en esto por presumir. Ni siquiera ha querido ser un liberado. Se conforma con pertenecer a un comando legal. Y trabaja, el tío. En cambio tú la has cagado.

»De pronto se levanta y grita, ¡has engañado hasta a Papadoc!,

»—yo se lo advertí. No lo liberes. Mira que el nene está sonado y cualquier día nos la arma.

¿No te das cuenta? El hecho de haber matado a ese coronel ya dice la clase de tipo que es.

»Inesperadamente me agarra del cuello y clava sus pulgares en mi garganta.

»—Podría matarte pero no quiero que me debas el favor —dice. Y oigo crujir sus dientes entre el apestoso pedazo de regaliz.

»Tras escupirme en mitad de la frente observo que sus rasgos se relajan. Me suelta y sale precipitadamente para volver en seguida con un cóctel Molotov, que deja en el suelo a un par de metros de la cama, le pegaremos fuego al piso, dice sin mirarme, mientras yo observo la pequeña ampolla con ácido sulfúrico a un centímetro escaso del nivel de la gasolina.

»A fin de ocultar el temor a que me achicharren vivo le pido tranquilamente un ducados. Accede, qué raro, pienso, y se queda mirándome como si fuera un bicho raro, mientras fumo con los ojos entrecerrados, como si en el cuarto no hubiera nadie más que yo.

»—Es cojonudo esto que me pasa a mí —le oigo decir, y por su forma de hablar deduzco que se ha tranquilizado tras el ataque de furor—. ¿Sabes? La verdad es que todavía no te conozco. Y eso que nunca te he perdido de vista. Nunca. ¿Lo oyes? He sido tu sombra. ¿Sabías que también te vi cuando te cargaste al municipal? Se lo conté a Papadoc pero él seguía en sus trece. Necesitamos hombres como él, tiene fibra. Dime, ¿cómo te lo has montado para engañarlo? Claro que ahora no es lo que era. Ha perdido la fe. Y es que tú le haces dudar. Es eso. No sólo provocas la caída del comando y te lo cargas todo sino que además hundes a Papadoc. Lo haces dudar, maricón del culo. Dios, Dios, Dios... A veces, cuando llego tarde al piso, entro despacio y me tumbo al pie de su cama como si fuera un perro. Entonces le oigo. Sólo pronuncia una palabra, Dios... Cuando se levanta parece el mismo de siempre, pero yo sé que no es así,

»Como me intriga lo que está diciendo le dejo hablar,

»—ha perdido interés y como él lo sabe lucha consigo mismo para que esto no ocurra. Sí, eso lo huele Eulalio, que es su perro fiel, ¡su perro y a mucha honra! Cuando lo borraron de la lista de los vivos no me lo creí porque él es capaz hasta de resucitar, y apareció un día en el caserío, subió a la montaña y vino a buscarme. Me buscó a mí, a nadie más que a mí, cuando todos los periódicos lo daban por muerto. Tú te acordarás de aquello,

»Continúa, gitano, le digo mentalmente, desembúchalo todo, que estás a punto de revelar el misterio, pero el Mostachos enmudece, se pasa la mano por la frente como si volviera en sí tras un desvarío, ¿está loco de atar y se inventa las cosas o está diciendo la verdad?

»—se habló mucho de aquella muerte, pero no se encontró ningún cadáver. Él me dijo, Eulalio, vendrás siempre conmigo. Ahora vamos a hacer un trabajito. Le acompañé a la capital y mató a una persona muy importante. Era el soplón, claro. Lo liquidó limpiamente en el portal de su casa y desde entonces vamos juntos. Catorce meses después reapareció pero nadie sabe quién es Papadoc.

»La risotada del Mostachos me impulsa a jugar fuerte.

»—Yo sí lo sé —le digo.

»—¿Tú? Pero ¿quién diablos te has creído que eres? No eres nadie. ¿Cómo podrías saber quién es Papadoc?

»—Eso a ti no te importa. Lo sé y basta.

»—¡Mentira! —grita. Y le oigo montar la pistola.

»Aplasto la colilla en el suelo y, mientras lo hago, le reto con la mirada, vete a la mierda, gitano apestoso, digo, y me vuelvo cara a la pared. Haz que acierte, Dios mío, pienso al sentir sobre mi nuca el cañón de la Parabellum.»

El remedio no está en las ideas, el remedio está en ti mismo, Josechu, en tu alma, incapaz de aprender a hacer un surco sobre la tierra o de escribir una simple cifra, tu alma, que nunca conseguirá razonar porque no ha sido creada para ello, que sólo sabe sentir, por eso detecta en seguida el mal y alcanza las cumbres más altas de la contemplación o accede al éxtasis creador. Permanece atento y oirás los himnos secretos de tu alma, Josechu, lucha con todas sus fuerzas, que sea ella el tajamar que abra tu camino hacia la Divinidad en el mar de roca de las ideas.

Escuchaba una voz secreta mientras vigilaba la puerta de la cafetería desde la mesa a la que se había sentado ante un café desangeladamente frío. Achacó a la calefacción el malestar que sentía, algo muy parecido a un mareo acompañado de sudor de manos. Todavía vibraban los músculos de su cara, los acababa de ver él mismo saltando bajo la piel cuando se miró al espejo del servicio, y le salió la pregunta clave, ¿podrás perdonarme, Dios mío?, después de anotar el número de Capitanía tomado del listín. Y fue entonces cuando pensó en su alma y en el alma de los demás, el alma universal, comprendiendo mediante una especie de revelación que en el alma universal se encierra el concepto prójimo y que, por eso mismo, el prójimo quedaba convertido así en el objeto de contemplación más hermoso, el más noble.

¿Qué decides, Josechu, seguir los dictados de tu alma o liar una ensalada de tiros cuando veas entrar por esa puerta a los guardias o quién sabe si a tus propios compañeros? Se hizo esta otra pregunta mientras miraba el reloj, veintitrés minutos para las dos, registró su cerebro, y en aquel instante un jovencísimo camarero con la cara llena de granos, señor, le llaman al teléfono, y sus palabras murmuradas sonaron en los oídos de Josechu como cañonazos de apocalipsis o como campanas al vuelo, no lo habría sabido decir. Le dolían las sienes mientras bajaba precipitadamente los escalones en busca del teléfono, diga y en seguida la voz baquelitizada de Papadoc,

¿Josechu?, sí, acabo de hablar con Gayola y ya es tarde para todo, así que lo siento. Le temblaban los labios como al fumado que empieza a viajar, escupía blancuzcas pelotitas de fiebre, pues escucha bien lo que te digo, el que lo siente soy yo pero ya he llamado al interesado y he hablado con él, no irá, así que puedes retirar a tus perros. Y colgó, para marcar a continuación el número de Capitanía. Con el general Villacorta, en persona, sí, que se ponga en seguida que se trata de un asunto de vida o muerte.

La calle se había llenado de luz. Nubecitas en lo alto impulsadas por un viento residual. Lágrimas en los ojos, de frío o de emoción de vivir y de saber vivos a los demás, al soldado que le había pagado el vino en gratitud por el bic, al general, que nada malo le había hecho, a su hija y a la nieta, a las que ahora veía de verdad, las estaba viendo al solillo tímido de la Navidad urbana, envarada la mamá entre pieles, reidora la hija en la charla insustancial con el chófer. Y un estallido de risas a su alrededor procedente del coro de vírgenes y menos vírgenes de bata azul con el logotipo de la fábrica estampado sobre el bolsillo, y los mismos gorriones de siempre picoteando el frío de las sombras, que empiezan a estirarse soñando estufas de calor familiar, y un anciano perdido dentro de un holgadísimo gabán, vida que espera otra vida perdurable, y el agua del surtidor, el llanto vegetal del sauce, y los cuartos en una campana de reloj de torre, los cuartos de las dos, y finalmente los dos tañidos liberadores, solemnes, tendidos sobre la ciudad. De pronto, avanzando entre un grupo de oficiales, el propio general. Es un hombre menudo de cutis sonrosado y pelo blanco. Josechu se acercaría y estrecharía su mano, se ha quedado un día muy hermoso, general, después del ventarrón de esta noche, y el general le contestaría, no me hable, que no he podido pegar ojo, resulta que mi dormitorio está... El general habla con su hija, que se lleva una mano a los labios, reflejo inequívoco del pánico, mientras la niña sigue charlando con el chófer y un comandante como una torre ordena a un guripa, tú, tráete un taxi en seguida.

Un extraño impulso arrastró a Josechu hacia la acera de Capitanía, de la que ya había desaparecido el general. Al cruzar por delante de la puerta tuvo que saltar para evitar la embestida de la moto procedente del patio de armas. Siguió caminando, zancada larga, la Parabellum en la banda oprimiéndole el pecho, ¿quién es usted?, le había preguntado el general por teléfono, no sea ingenuo, señor, y haga en seguida lo que le digo, refuerce la guardia de su casa y no aparezca por allí hasta dentro de una hora. Pero el motorista de Capitanía le daba muy mala espina.

Se alejó de la replaceta y torció por una calle de poco tránsito en dirección al mar. Se preguntaba si detrás del terror no estaría el alma, en una época de crisis de valores humanos como la que le había tocado en suerte. La Historia no me dará la respuesta, pensó, porque la Historia sólo refleja la imagen del hombre atormentado. La respuesta está en mí, un infeliz que descuida el alma de puro sabida.

El Paseo Marítimo estaba desierto. Había lenguas de arena que se rizaban a impulsos de la brisa, arena crujidora sobre el firme, polvo de arena en el aire y, envolviéndolo todo, el aroma salobrenco del mar. Ni una gaviota. ¿Estaría en su sitio, fresca aún, la sangre de Sanromán? Josechu cruzó el amplio paseo en dirección al lugar. Es el lugar, se dijo, mi lugar, pero la sangre de Sanromán no estaba. La cubría piadosamente una fina capa de arena.

A impulsos de una curiosidad en cierto modo morbosa entró en el bar donde había estado por última vez con Begoñita.

—¿Tú por aquí, Josechu?

—Ya ves.

El dueño palmeó su espalda.

—Olvidados nos tenías. ¿Cuánto tiempo hace? Entornó los ojos haciendo memoria sin necesidad.

—Pues unos dieciséis meses.

—Bien me acuerdo. Fue el día que se cargaron a Sanromán. En agosto, ¿no? A Mikel sí que le veo. Pocas veces, pero viene por aquí. ¿Un blanquito?

—No. Una cerveza fresca.

—Ya sé. Bien fresca. Helada.

Rieron.

El establecimiento estaba desierto y Josechu miró la terraza desde la puerta cristalera. Le parecía estar oyendo la voz de Begoñita, me estás haciendo daño y, en seguida, Iñaki, ¿te molesta?, el vuelo de la falda, las cintas negras de las alpargatas, su explosión de ira, ¡mala zorra! Había pasado la eternidad de unos pocos meses, caminos borrados, arena donde antes estuvo la sangre, la barcarola de la infancia que naufraga entre potes y muslos de mujer, ¿todavía viene Gloria por aquí?,

—...se casa la Gloria.

—No lo sabía. ¿Contra quién?

—Tápate los oídos. Con un nacional de Andújar.

y en esa eternidad de unos meses el mundo seguía empequeñeciendo, nadie estaba de acuerdo con nadie, todos escribían canciones de protesta, todos las cantaban, todos publicaban libros cargados de razón, pero todos seguían siendo insolidarios, cadáver tras cadáver la pila de asesinatos llegaba al cielo, desaparecido tras desaparecido llegaba a desaparecer el mismo Dios, y mientras tanto nacían millones de infortunados, el mar y el campo se morían de vergüenza y la conciencia humana entraba en bancarrota.

—¿Y qué haces ahora, Josechu?

—Viajo.

—¿Por Francia?

—Por donde se tercia.

Viajo con la imaginación, idiota. Entro en el dormitorio de Begoñita, regreso al país de mi infancia, donde el tiempo se murió a las nueve menos cuarto, procuro olvidar que hay un presente.

—Esto es cerveza. Las cosas como sean.

—Tú dejaste la oficina, ¿no?

Lo dejé todo, hasta la esperanza,

—pero gano más.

Te miento. Tengo que mentirte porque tu cerebro no entiende más que las mentiras, si compro a tanto y vendo a tanto gano lo que sea, y los demás que se jodan, ¡mercachifle!

—¿Y Zin? ¿Sigue viniendo por aquí?

—¿A cuál de los dos te refieres?

—Al señorito. El otro se ha casado.

—Con tu novia.

—Cóbrame, anda. Y la lengua te la metes en el culo. Con mi novia no se casa nadie más que yo.

Tus malditos prontos. Papadoc te lo advirtió, reprime tus prontos, pero es que con esta gente no es posible. Caminaba hacia el centro, y aceleró el paso entre sus propias ruinas, el cielorraso que se hunde entre una nube de polvo, la torre de la central que salta por los aires, aquel tipo calvo y bajito que cae a cámara lenta porque un pedacito de plomo soplado por el dedo de Gayola se le mete en la crisma, ¡era un chivato!, pero es que la vida se ha de respetar, aunque sea la de un chivato, allá él con su dios particular, la conciencia, discurría por una calle desierta, puertas y balcones cerrados a cal y canto, ¡cuidado con los terroristas!, cuando distinguió dos figuras escurriéndose en un portal. Me siguen, pensó, y apretó el paso.

Le miraban los muebles de su casa, ¿te has

lavado las rodillas?, la voz de la madre, soñaba el soldadito de plomo que murió un día de calor fundido por el sol de agosto, ¿qué quiere usted?, le perseguían los compañeros, ¿será el Mostachos?, mientras sus piernas empezaron a correr por sí solas. Tengo que hablar con Papadoc. Mas el número de Papadoc seguiría con su pitorreo de timbrazos vanos. Y aquéllos le esperaban escondidos en el portal, mejor dar la cara. Volvió sobre sus pasos. El patadón en la puerta, la pipa en la mano, ¡no os mováis!, y la sorpresa. Las nalgas contraídas del chaval y su cara asustada, ¡no tire, no tire!, se la había metido a la niña gorda con cara de pepona triste, y ella, las vergüenzas al aire, no se lo diga a nadie, si quiere lo hace conmigo, y Josechu que suelta la carcajada, podéis continuar, ¡ánimo, macho!

Vibraba en su vientre una risa descontrolada, de nervios, jovencitas empiezan, pensó, y no pudo reprimir una nueva carcajada, seca y triste esta vez, mientras paraba el taxi que avanzaba despacio hacia él. Se hundió en el calorcillo animal del asiento, al centro, dijo, e inmediatamente su cuerpo se tensó de sospechas, pero qué idiota eres, Josechu, son ellos, el taxi es de ellos, de no ser así ¿cómo te explicas la casualidad de encontrarlo a estas horas, casi las tres, en el Paseo Marítimo, con los poquísimos taxis que bajan hasta aquí? Y en eso la voz malhumorada del taxista, el centro es muy grande, si no precisa usted...

—Le avisaré cuando tenga que parar. De momento suba al centro por donde quiera.

—Sí, señor.

Tenía la seguridad de que le buscaban, como locos andarán, sobre todo Zin, mas no quería morir sin confiarse antes a Papadoc. Cien pares de ojos vigilaban desde el vehículo aceras y portales, al tipo que lleva en la mano una abultada cartera y que camina demasiado despistado como para no infundir sospechas, al coche que se pega detrás, un pelillo apenas del taxi, al quiosquero con unos periódicos ocultando su mano, ése es, y la culata de la Parabellum, su piel escamosa, cosquilleando en los dedos de Josechu, pues te la ganas, cabrón, mas el taxi seguía, cruzaba en ámbar en las mismas narices del urbano, sospechoso también porque nunca se sabe quién se esconde debajo de un uniforme.

Aprovechando un cebra saltó a otro taxi, ¿conoce el Delfín Verde? ¿El restaurante? Le apetecía comer bien antes de pasar a la otra orilla. Y de nuevo los semblantes, las miradas, un verdadero río de brazos y piernas, de gestos, ademanes, la disnea en los labios cianóticos de una mujer cargada como un mulo, el jorobado con el baúl de escarnios a la espalda. Recordó la fascinación que en su adolescencia habían ejercido sobre él los despojos. Se sentaba en el primer tajamar del puente y veía flotar entre las sucias aguas del río cantidad de desperdicios, un ramo de novia con flores de difunto, abiertos los pétalos como cruces, botellas de plástico, una muñeca sin brazos, feto hinchado y deforme flotando entre dos aguas, una col blancuzca como un cerebro disecado, la panza globulosa de un gato, una barra de pan deshaciéndose como un puñado de entrañas recién arrancadas. Le fascinaban aquellos despojos como ahora le fascinaba la gente anónima, en cuyos movimientos sólo veía simples reflejos que les conducían aceleradamente hacia la descomposición final, sin tener conciencia de estar atrapadas irremisiblemente en la corriente que los arrastraba. Ciegos y sordos a cualquier clase de estímulo que no fuera el material, acumular, situarse o simplemente sobrevivir. Pensaba que habían olvidado el alma, la única forma y posibilidad de expresión de la vida, y que por ello se habían convertido en desperdicios, entrañas de pan gelatinoso, fetos informes o flores de difunto atadas con la cinta del ramo de novia, basura.

En el restaurante vivió fantasmas de toda clase. El de su primera comunión, comilona con familiares ruidosos y un rumor de mariposas santas en el pecho, la mesa estaba allí, en aquel rincón, y padre tenía los sobacos sudados cuando se quitó la americana. Se había sentado a la misma mesa en la que solía almorzar algunos festivos con Begoñita, exactamente bajo el aplique en forma de farol, luz de caramelo disecado, y le parecía tenerla allí, su mano pálida sobre la de él, cuidado, Josechu, el vino te pone burro y luego me las haces pasar moradas, y la sutil intención de su mirada, pero no dejes de beber algún vasín, me gustas burro.

El *maître* le saludó.

—¿Solo?

—Como la una.

—Muy bien, señor. Si me permite, le recomiendo las cocochas.

Fantasmas de la violencia. Sangre en el suelo del cuartelillo, insultos, golpes, cuerpos que se retuercen de dolor, pensó que en aquellos momentos continuaría el despliegue policial empezado sobre las dos de la tarde, con las espectaculares redadas, ¡tú y tú, arriba!, y sufrió con el sufrimiento de sus camaradas pero, se dijo, ni tengo vocación de matarife ni estoy dispuesto a dejarme cazar como si fuera un conejo. Me buscan, tanto unos como otros se han movilizado y van de caza, y mientras tanto, una recordada Begoñita de cristal a su lado, silencios de identidad entre ambos, ningún contorno separándolos, ninguna sombra, metido cada cual entre las paredes del cuerpo del otro. Es el paraíso perdido, Josechu, y sonrió, chocando la mueca de su risa contra la negrura de los ojos de aquella mujer, qué morenaza, muslos entrevistos, el arroyo oscuro de las sombras derramándose entre los pechos,

—¿aceptas que te invite?

—Nunca te he visto por aquí.

—Pues a los siete años ya venía,

recela, es la primera lección que aprenden, ojo, que a lo peor te sale un terrorista que te corta en pedacitos y se pega la gran cena.

—Ya que te sientes rumboso...

—Solo. Eso es lo que estoy. Jodidamente solo.

—Todo el mundo está solo.

Dicen que a los condenados a morir les llevan mujeres, ¿voy a ser menos yo?, y el cuerpo que se levanta y se bambolea dentro de la piel levísima del vestido, que intenta pasar entre dos mesas con mantelitos cafeconleche, no sé por qué ponen las mesas tan juntas, ostras, dos nalgas que se adivinan prietas bajo el pespunte insinuado de la minibraga y que proclaman aquí estamos para lo que quieras mandar y, en seguida, un repicar a gloria de zapatitos de mujer,

—bueno, pues ya estoy aquí.

—Bien venida a bordo. Las cocochas me han recomendado.

—No está mal.

No estaban mal. Ni lo que llegó después de las cocochas, regadas con fresco cartadeplata, ni el champán francés. ¿Para qué necesitas la pasta, Josechu? A nadie tienes, nada esperas, pues que lo disfrute la maciza.

Con el café, el imprescindible,

—¿vives lejos?

—Tengo un apartamento aquí mismo. Pequeño...

—...pero acogedor. ¿Sola?

—Completamente. No me gustan las amigas. Ya sabes lo que pasa. A veces te salen lesbi y te montan el rollo de la ternura clitórica.

Minutos después, el beso en el ascensor, las pieles que se abrasan sobre la fresca sábana y todo lo demás. Al final, nada. El prosaico grifo de un bidé, el crujir de la mercancía en los billetes

180

y, sobre la sábana, como único recuerdo, la en-
joyada mancha del amor como un mineral derre-
tido, nada también.

—¿Puedo telefonear?

—Si es interurbana, sí.

—Roñosa.

En vista de que Papadoc seguía sin contestar
llamó a Gayolita, ¿cómo va todo por ahí?, y las
preguntas de ella martilleando en el oído, ¿sigues entero?, ¿dónde estás?, ¿tampoco sabes
nada de Papadoc?, ya te explicaré, tú cuéntame
qué ha pasado, todo lo que puedas imaginarte
y más, ¿no oíste la radio?

La morenaza le acompañó hasta el ascensor,
adeu, noi, y se besaron dos nacionalidades.

«Les digo,

»—lo que pasa es que yo pienso y los pensamientos se transmiten sin necesidad de emplear
palabras, eso es lo que pasa, que vosotros, vagos
mentales, me habéis captado lo que vengo rumiando y estáis cabreados porque os consta que
tengo razón. Eso os jode, es comprensible, porque os he puesto en el disparadero, o dejáis de
hacer el bestia mataperros o ya sabéis lo que os
espera, arrastraros por ahí sin ilusión de vivir,
porque ya me diréis qué clase de vida es ésta.
Y no me vengáis con el cuento de que esto no
entra en los cálculos del revolucionario, en su ló-
gica. En los libros queda muy bien, pura teoría,
si os apetece os los recito de memoria, pero la

vida real, la vida de todos los días, no es un libro, no tengo por qué explicaros esto porque lo sabéis mejor que yo. Ahora, si hay cojones, lo aceptáis sin más y si preferís seguir fingiendo, allá vosotros. Caminos siempre los hay. No sé. Uno puede decir humildemente lo que le pasa, cansancio, manías, lo que sea, que no por eso deja de ser un revolucionario. Puede ser útil a la Organización en cualquier servicio que no sea el de apretar el gatillo contra las personas, eso, lo repito, eso es una barbaridad, digáis lo que digáis. Lo que no puede ser es dejar de pensar, eso ni Papadoc ni nadie, coño, no somos animales. O al menos yo no lo soy. Amaestras un perro y le enseñas a hacer presa en la garganta, ¡pues eso es lo que han hecho con nosotros! Y a mí no me da la gana.

»Veo sobre la mesa los instrumentos de la ejecución, una Parabellum, creo que la de Zin, ¿tendrás valor para liquidarme?, hay también una capucha negra, el rollo de esparadrapo para la boca y las esposas Pegy, las de lujo, pienso, aunque con las que llevo tampoco hay quien se escape.

»Zin y el Mostachos se han sentado a la mesa con la cara muy seria, de tribunal, qué cinismo. Zin, a quien siempre le ha chiflado lo teatral, se levanta y deja junto a la pipa, en la mesa, la bolsita negra con las bolas. Entonces Mikel, que se ha sentado detrás de ellos y que quiere salvarme, Mikel aconseja que no se precipiten.

»—Repito que esto no es un tribunal y lo digo,

no porque la persona a la que vais a juzgar sea un hermano mío, sino como miembro de un comando legal. Además, hay que contar con la opinión de Gayola, ¿tú qué dices?

»—Digo que no renuncio al derecho de usar bola pero que me niego a la farsa mientras no venga Papadoc.

»Zin:

»—¿Y si no vuelve?

»El Mostachos le mira y sus ojillos de comadreja preguntan qué coño quieres decir, ¿que le han frito por ahí o que se ha largado?

»Gayola vuelve a tomar la palabra:

»—Si es preciso, y en este caso lo es, se aplaza el juicio.

»—Ya lo aplazamos una vez —replica Mostachos.

»—¿Y tú con qué derecho me quitas la pistola? Mira, gitano, que te conozco, eh. Lo que tú quieres es darle gusto al dedo. O di, ¿tanto te estorbaba la camarera esa? Ella no sabía nada.

»—¡Se cargaron al Burguete por culpa suya!

»—Déjate de cuentos. Exijo que me devuelvas el arma. Es mi arma y la quiero aquí y ahora. Ahora mismo, Zin, ya lo sabes. Y tú, Mikel, con que a ver qué pasa aquí.

»Mostachos:

»—¿Para que tú se la des al nene?

»—Para lo que sea.

»Me das asco, Mostachos, pienso, y le escupo mi rabia,

»—tienes muy mala leche, eso es lo que hay. ¿Sabéis que acaba de hacer conmigo ahí dentro?, me ha puesto la pistola en la nuca, ¡te gusta torturar a la gente!, y lo único que pretendes es apoderarte de nosotros, empezando por ti, Zin, que parece mentira que no te des cuenta con lo listo que eres cuando quieres. Desarma a Gayola, me elimina a mí y luego hace contigo lo que le da la gana. Así se hace el amo del comando a falta de Papadoc.

»Mikel levanta la voz más de lo que es habitual en él.

»—Antes tendrá que vérselas conmigo.

»Y Mostachos, pero ¿qué comando ni qué leches? No hay comando. Y tú solamente eres el responsable, nene.

»Gayola grita:

»—¿Qué hay de mi pistola?

»A una señal de Zin el Mostachos saca del cinto la Parabellum y se la entrega a Gayola, que comprueba inmediatamente el cargador.

»—Si queréis, dice Mikel levantándose, podemos empezar. Pero con la condición de que mi voto sea válido.

»—Tú eres su hermano —dice Zin.

»—Muy bien. Pero actúo en lugar de Papadoc. Y no os hagáis ilusiones porque somos dos contra dos.

»Gayolita y Mikel se miran. Silencio. Y la voz serena de Zin:

»—Hay otra solución.

»Mikel le interroga con la mirada.

»—Le damos la pistola con una bala y que se encierre en el cuarto otra vez.

»Meneo la cabeza. Lo siento, Zin, le digo, pero no pienso suicidarme,

»—creo en Dios.

»—Ahora nos sales con Dios. Bonita tapadera. ¿Desde cuándo te has hecho tan beato?

»—Tú no lo comprenderías porque te come el odio. Lo sé todo, Zin. Me odias porque Begoña me quiere. Me quiere a mí. Y cuando trataste de abusar de ella, ¡puerco!, a pesar de ser la mujer de tu hermano, que eso tampoco te quita el sueño, ella te lo dijo. Te dijo que tú y tu hermano le dabais asco y que seguía enamorada de mí.

»Me vuelvo hacia Mostachos.

»—¿Sabías tú esto, gitano? ¿Vas comprendiendo? El juego está entre vosotros dos. Pero yo te digo que no te fíes de Zin, no, Mostachos, desconfía del agua mansa. Te dejará hacer, hará como que se deja engañar, pasará por todo hasta que me pegues un tiro, esa bala que guardas tan cariñosamente para mi nuca, y lo hará porque así nunca sería el asesino del hombre que quiere Begoñita. ¿Comprendes? Y al final te joderá bien jodido y dirá a la Organización que fuiste tú quien forzó un juicio ilegal, quien cometió un asesinato. Y la Organización acabará contigo por ensañamiento. Dos crímenes, esa chica y yo, dos crímenes a sangre fría y en veinticuatro horas, ya me dirás, después de la fama que tienes. Porque con Papadoc no cuentes. Papadoc...

»El Mostachos me fulmina con la mirada.

185

»—Papadoc qué.

»—Mira, no quiero enredarte pero me da la espina que piensa lo mismo que yo. A saber cómo quiere enfocar su vida.

»Mi andanada hace impacto en Mostachos, que se queda mirando a Zin, se revuelve y acaba levantándose para meterse en la cocina y salir de allí con un botellín de cerveza en la mano.

»—Estamos como cabras —dice. Y después del primer trago indica a Mikel que puede sentarse a la mesa—. En nombre de la Organización —afirma sin mirarme—, te acuso de traición, de desobediencia al mando y de haber sido el causante de la muerte de un compañero. Si tienes algo que alegar, empieza.

»—No es justo matar a dos mujeres inocentes. Pero, justicias aparte, el hecho resultaba impolítico. La gente se nos habría echado encima.

»—Nuestras muertes son siempre actos de justicia y tú no eres quién para decidir —interviene Zin.

»Luego se extiende sobre lo que ha de ser la disciplina para un milis. Somos un ejército revolucionario en Guerra Revolucionaria contra un enemigo mil veces más fuerte que nosotros. La circunstancia de que esas dos mujeres acompañaran al general no justifica en absoluto la delación, eso sin contar que no sabemos si irían en el coche y si, de ir, habrían muerto en el atentado. Y habla de la brutal represión del enemigo, del cerco al que escaparon de verdadero milagro gracias a la sangre fría del Mostachos, aclara, y de cómo cayeron dos compañeros del comando de apoyo, uno muerto y el otro gravemente herido, por mi falta de responsabilidad.

»—Y esto que digo no lo dicta el odio —brama golpeando la mesa con el puño—, esto son hechos concretos, indiscutibles, ¡hechos reales!

»—Has provocado la caída del comando —remacha el gitano— y pones en peligro la misma Organización. Eso es lo que hay. Así que habla, si es que tienes algo que alegar.

»¿Cómo hablar a esta gente de Dios? Cierro los ojos y contengo la respiración. La sangre me golpea las sienes y siento los coletazos de mi yugular como una sierpe que se revolviera asustada, estoy perdido, pienso, porque en realidad les asiste la razón.

»De repente, el desvalimiento, la desnudez absoluta, como si alguien me hubiera arrancado la piel y mi cuerpo fuese una fruta cuidadosamente pelada. El aire, las palabras, hasta mis propios sentimientos producen un dolor insoportable en mi cuerpo. Siento frío, es el pánico, Josechu, y mis poros abiertos, cada uno de mis poros, absorben el dolor de las palabras de Zin, que sigue hablando,

»—tú mataste por vanidad, ¡tú eres el asesino, no nosotros!

habla a impulsos de la ira, y mis poros se llenan de espinas al comprender este cerebro mío la terrible verdad, no soy nada, la vida, mi vida, puede quedarse a oscuras en un momento, el ¡clic! del conmutador que apaga la luz en una habitación. El temor, que supone la existencia de una esperanza, da paso al terror, pero así como la criatura humana puede escapar al temor, huir de él, el terror se vive y lo que me sucede en este momento es que estoy ante el espanto de vivir mi terror, víctima de mi propio terrorismo. ¿Qué me queda? ¿Existe en alguna parte una tabla de salvación? Mi presente se acaba sajado, amputado de mí mismo como a quien le cortan un miembro. Pero ¿existe el futuro? Mi voluntad se levanta dentro de mí y se abre paso a empujones entre los fantasmas. Tengo que convencerles. Hay que luchar si quiero seguir vivo. Abro los ojos y veo la barbilla temblorosa de Gayola, ¿valgo una sola de tus lágrimas?, Mikel me observa y baja la vista para no ver mi cara implorante. Tú y yo íbamos juntos, Mikel, en las tardes encalmadas de Jueves Santo, íbamos a ver a Cristo muerto. También estaba sin piel y yo sentía el mismo frío que siento ahora. ¿Por qué lo han matado, Mikel? Y tú, era demasiado bueno. Pero el suyo no es mi caso, Mikel, ¿dónde está mi futuro?

»Hago un esfuerzo vocal y balbuceo:

»—Nuestro futuro, el mío y el vuestro, es la eternidad.

»Nadie parece comprender mis palabras. Lo que intento decirles y decirme a mí mismo es que hay que enfrentarse con la muerte para comprender el drama humano. Es entonces cuando se ve la realidad y cuando uno pone en duda lo que en el lenguaje de los ofuscados se llama seguridad, bienestar, fama, ciencia, sabiduría, Historia...,

»—las grandes mentiras de la vida.

»Mi nuevo balbuceo les desconcierta, sin embargo, a mí me traspasa el cerebro la lucidez como una espada de claridad, estamos cercados por las mentiras, compañeros, murallas de mentiras a través de las cuales penetran a veces los relámpagos del misterio, no los dejemos escapar, miremos cara a cara esos relámpagos, oigamos su mensaje,

»—a veces uno se equivoca y cree ver la verdad donde sólo hay mentiras. Nos falta humildad.

»Zin:

»—¿Quién te has creído que eres para soltarnos ese sermón?

»Nadie, Zin. Sin embargo me gustaría decirte, y no creo que pueda conseguirlo ya, que vivir no es tener los pies bien puestos sobre la tierra, esa es otra de las mentiras que nos han enseñado, vivir es pensar en la profundidad de la tierra bajo nuestros pies, ¿cómo te lo explicaría? Escucha, Zin, hay un pueblo debajo de una gran presa y los habitantes de ese pueblo viven en la irrealidad hasta que la rotura de la presa produce la repentina irrupción de la realidad en la conciencia de esos habitantes. Lo mismo pasa con la vida hasta que se enfrenta con la muerte. Entonces el yo pequeñito desaparece borrado por el yo de la clarividencia, un yo sagrado porque es la pequeñísima parte que nos corresponde a cada uno de nosotros de la Divinidad.

»Después de la larga pausa, Zin me pregunta:

»—¿No tienes nada más que decir?

»—Nada más.

»Que os pido perdón y os perdono, pero si os dijera eso mis palabras os sonarían a melodrama cobarde y tu odio me sonreiría valentón y los ojillos de Mostachos brillarían complacidos, canguelo es lo que tienes, nene.

»Zin se levanta con la bolsita negra en las manos.

»—Dos bolas, una negra y otra blanca, para cada uno. Ya sabéis cómo funciona esto. Metéis en la bolsa una de las dos. La que queráis.

»Mostachos reniega, esto es una farsa, estamos dos a dos como ha dicho Mikel, y Zin pregunta a mi hermano:

»—¿Qué hacemos en caso de empate?

»Mikel me mira.

»—Lo que se hace siempre —contesta.

»Zin hace un gesto de dolor al levantar la mano herida. Después se dirige a mí:

»—En caso de empate te soltaremos en la calle.

»Soltarme en la calle significa la condena al acoso de mis propios compañeros, unas sombras que me perseguirán hasta acabar conmigo.

»—De acuerdo, Zin.»

En el portal volvieron los recelos. Temiendo que la morenaza sospechara de él y hubiera avisado a la policía, corrió hasta dar con un taxi vacío, al cine Capitol, y en seguida se llenó de la tristeza de la anochecida, el frío de las calles, el halo de los primeros faroles flotando en la niebla, el fantasma grisáceo de las fachadas, detrás de cuyos balcones se presentía el arbolito iluminado envuelto en gritos de niños y en tiras de papeles brillantes. Húmedas de vapor, las lunas de las cafeterías siluetaban perfiles y cuerpos de personas que se permitían el lujo de hacer proyectos, el mañana como una realidad auténtica, pensó. Y lágrimas de frío en los ojos de la enmitonada castañera, jovencísimas mamás empujando su futuro sentado en un Jané, parejas maduras exhibiendo el sacramento de su matrimonio, ella aferrada a él, sin soltarlo, la comitiva de un entierro, tú ya llegaste, amiguete.

Dejó el taxi delante del cine y siguió por la acera. Desde la primera cabina volvió a probar suerte con el teléfono de Papadoc, un buen sitio para que le dejen a uno seco, pensó. Y de repente le nacieron ojos por todo el cuerpo, me espían, seguro. Recordó sus palabras, si llegaras a defraudarme no tendría más remedio que pegarte dos tiros, y colgó, un golpe seco como un culatazo en la nuca del mismísimo Papadoc.

Sentía la boca llena de arena, el cartablanca, sospechó, y aligeró el paso con la esperanza gratificadora de un agua mineral en el primer bar. Un nacional metralleta en mano le miró un instante, ¿qué hace este tío por aquí?, mas Josechu pasó por delante de él seguro de sí, indiferente. Siguió caminando sin abandonar su actitud, sin embargo vigilaba los vehículos que aminoraban a su espalda, escrutaba los ademanes de los transeúntes, tensos los músculos del cuello y las manos listas para actuar en cualquier momento.

En el bar donde entró informaba la radio sobre los resultados de la amplia operación policial llevada a cabo aquel día. Por su parte, el ministro del Interior declaraba que, a pesar de los últimos éxitos, el desmantelamiento de la organización terrorista no iba a resultar fácil, por lo que recababa la colaboración ciudadana. «Ha sido una magnífica operación...», y Josechu se dijo para sus adentros que lo que había sido era un chivatazo como una catedral.

De nuevo en la calle miró el reloj, las siete y media pasadas, y obsesionado por el silencio de Papadoc, tomó otro taxi, dispuesto a buscarle en su cubil. En un movimiento instintivo echó mano de la pistola al oír la sirena de un coche patrulla a un centenar de metros detrás.

—Algo gordo está pasando —comentó el taxista—. Toda la ciudad está patas arriba. Dicen que han descubierto tres pisos francos y no sé cuántas cárceles del pueblo.

—La gente suele exagerar.

—No sé. Pero el centro y la parte antigua están materialmente tomados. Si le digo que hay un guardia en cada esquina no le exagero. Y en varios lugares han cortado la circulación. Nada, una guerra.

El taxista, que había parado como los demás vehículos de la calzada, volvió media cara.

—¿Es usted de aquí, de la tierra? —le preguntó.

—Yo soy del mundo. A mí estas cosas me resbalan. Paso de ellas.

—Suerte que tiene.

El coche patrulla avanzó como una exhalación por el lado izquierdo del taxi abriendo paso a tres vehículos llenos de guardias.

—Yo opino que esto es una ridiculez —comentó cínicamente Josechu—. Las guerras se hacen o no se hacen, ¿no le parece? Una guerra de verdad tiene que hacerse con tanques, bombarderos, portaaviones. O se mata o no se mata. Nada de medias tintas.

El mutismo del taxista le hizo pensar que se trataba de un simpatizante de la causa, si supieras lo que llevas aquí detrás te quedabas bizco.

—Dicen que ha habido muertos —insistió. Pero el taxista no hizo comentario alguno.

Dejó el taxi cerca de donde vivía Papadoc y anduvo un rato por los alrededores. Nada anormal. Los mismos clientes en los bares, ningún coche patrulla a la vista, calma chicha, murmuró. Pero al entrar en el portal sintió en su cara la bofetada acre del tabaco. Instintivamente se echó al suelo, seguro de que alguien le esperaba en la oscuridad. Percibió un rumor en el primer rellano y empuñó la pistola. Oyó una voz, apenas un susurro:

—Guayabete.

Respiró.

—Menudo susto me has dado.

Al echarse en sus brazos, al final del tramo, la pistola de Gayola le rozó una sien, ¿qué haces tú en la escalera con eso?, los besos de ella junto a la oreja, sus palabras atropelladas, la que se ha armado Josechu, no lo quieras saber. Se había pegado a él como una lapa a la roca y apenas podía respirar de la emoción, pensaba que te habían liquidado, murmuró, te lo advertí, piensas demasiado, y el aliento helado de ella en la boca, bésame, guayabete, ¿sabes?, estaba dispuesta a cargarme a quien fuera, y la risa de él,

—no me lo jures.

—Porque yo estaba segura. O te traía alguien aquí o venías por tu propio pie.

Subieron al piso de Papadoc y Josechu utilizó el llavín que tenía. En el interior, silencio. Y la penumbra de la media luz que entraba por el balcón. Gayola cerró la contrapuerta al mismo tiempo que Josechu encendía la luz. Pegado a la pared avanzó hacia la cocina con el arma en la mano. Todo en orden.

Gayola se dejó caer cansadamente en una silla que había junto a la mesa comedor.

—El asunto está jodidísimo —dijo. Y añadió mirándole a los ojos—: Tienes que desaparecer. Esfumarte.

—Bueno, explícate.

Pero en vez de hablar se abrazó a las piernas de él, que se había sentado en el silloncito de Papadoc, esto es un infierno, y le contó que la orden de retirar los comandos, dada por Papadoc, había llegado demasiado tarde, Zin y el Mostachos aún tuvieron suerte porque el gitano paró un coche a punta de pistola y escaparon al cerco, pero uno de los comandos de apoyo, no sé por qué, se puso nervioso y dos de sus hombres se liaron a tiros con los nacionales, fíjate qué burrada, meterse en un ultramarinos de barrio, y menos mal que estaba vacío,

—mataron a Koldobika, tú le conoces, ¿no?

—Algo.

—Y al otro, todavía no sabemos quién es, dicen que le han metido seis proyectiles. En el pecho, en la barriga...

—¿Y Papadoc?

Gayola meneó la cabeza.

—Otro misterio.

El cuerpo de Gayola descansaba sobre los muslos de él, Zin asegura que está tramando algo.

—¿Papadoc?

—Eso dice. Quieren matarte, Josechu. Y mostachos igual. Ha perdido la chaveta desde que no encuentra a su Papadoc.

Levantó la cabeza.

—Papadoc nos informó en seguida de lo que habías hecho y dio orden de que te lleváramos al piso.

—Para liquidarme, claro.

—Nos dijo que no te tocáramos ni un pelo de la ropa. Que ya vendría él a reunirse con nosotros. Pero yo le tengo más miedo a Papadoc que a los demás.

Una pausa. Y la pregunta de Gayola, ¿qué crees que hará? Qué va a hacer, pensaba Josechu, rezarme un responso en vida y facturarme para el otro barrio.

Le preguntó qué sabía ella de Papadoc.

—En realidad, nada. Lo que todos. Pero el Mostachos, que le conoce de toda la vida según dice, habló en cierta ocasión de un tío muy importante al que habían dado por muerto. Lo que ya no pudimos sacarle es si se trataba de Papadoc.

—¿Un muerto de la Organización?

—No lo sé. Creo que sí. Claro.

—¿No serán cuentos del gitano?

—No creas. Corre una leyenda según la cual Papadoc podría ser un jefazo cuya muerte fue reivindicada por varios comandos anti-ETA.

—O sea, un muerto que no ha muerto.

—Eso es. Según la misma leyenda, él estaba refugiado en Francia y desapareció misteriosamente en los alrededores de un pueblecito. ¿Behovia?, hace unos cuatro o cinco años.

—Sé algo de eso. No se encontró el cadáver.

—Ahí está el enigma. Pero la leyenda dice que escapó muy malherido. Huyó a las montañas... con un pastor.

—¿El Mostachos?

—Tampoco lo sé. Yo creo que esto son historias. Porque se habla de que el tipo, fuera quien fuese, aprendió la tira de cosas mientras duró la recuperación, años. También se dice que cuando reapareció, la Organización empezó a golpear como nunca lo había hecho desde la operación Ogro. Peces gordos. Y que obligó al Gobierno a pactar con ella a raíz del secuestro de cierto diputado. Que en Madrid se la tiene en cuenta, aunque la gente no lo sepa, claro.

—Yo te diría un nombre ahora mismo.

—Mejor que no lo hagas, guayabete, dejémonos de historias y piensa en tu piel —y Gayolita ocultaba su cara entre las piernas de él.

Levantó la cabeza.

—Si quieres te acompaño —dijo—. Eso es. Nos vamos los dos. Yo sé cómo hacerme con un buen puñado de dinero. Podemos cruzar la frontera y...

—Y qué. Viviríamos como perros y al final nos cazarían.

Gayola le abrazó y de repente levantó los ojos al mismo tiempo que movía la nariz como los conejos.

—Hueles a puta cara —dijo. Y él se encogió de hombros por toda respuesta y sonrió como si fuera un niño travieso—, pero me da lo mismo. Si lo has hecho es porque lo necesitabas. Venga, decide si nos escapamos y me voy en busca de la pasta.

La tomó de una mano y la llevó consigo al pequeño dormitorio de Papadoc, mira, le dijo mostrándole las estanterías llenas de libros, mira lo que se traga nuestro hombre, están escritos en latín o en alemán y pensados por ángeles o por demonios, pero a él no le importa,

—no me extrañaría que hubiese resucitado de entre los muertos —y al decir esto sus palabras temblaron.

—Te obsesiona Papadoc. Siempre te ha obsesionado.

—¿Qué más dice la leyenda?

—Nada más.

—¿No habla de que el resucitado posee el poder de la anticipación? ¿De que lee en el hoy lo que ha de pasar mañana? ¿De que está en todas partes?

Apretó la mano de ella.

—¿Tú te acuerdas de aquel atraco al banco? Fue mi primera acción. Íbamos con Zin y Mostachos. ¿Te acuerdas?

—Sí.

—Había entre los clientes un cura. Yo me distraje mirándole y Papadoc lo supo. Me lo dijo después. ¿Cómo pudo enterarse de que allí había un cura y de que, además, el dichoso cura me distrajo?

Ella sintió un escalofrío.

—Y ahora me espera —continuó Josechu—. Sé que está esperándome en alguna parte. Quizá escondido entre esos libros o aquí dentro —y se golpeó el pecho—, ¡aquí!

—Pero ¿qué tonterías dices? Papadoc se habrá metido en algún sitio seguro hasta más ver. Ten en cuenta que la policía tiene un herido y que lo harán hablar. No está seguro aquí. Ni nosotros. Anda, larguémonos.

Lo arrastró fuera del dormitorio.

—Yo también estoy harta de todo esto —dijo—. Quiero ser libre. Necesito decidir por mí misma. Hazme caso, guayabete, vámonos. Hay otras tierras y en el peor de los casos, pues, mira, mala suerte, ¿qué se le va a hacer? Todo menos este infierno.

—Tengo que ver a Papadoc. Es preciso.

Josechu abrió la puerta y se lanzó escaleras abajo.

«Dios protesta callando, por eso escucho su silencio dentro de mí cada vez que le pido el milagro, ¿qué milagro pides a estas alturas?, me pregunto, o quizá me pregunta Él, no lo sé, porque aquí dentro está todo muy oscuro, los pensamientos, la misma razón. Y mientras busco la luz oigo la voz de Zin:

»—Quedamos en que cada uno de nosotros tiene una bola blanca y otra negra, así que podemos proceder a la votación. ¿Dispuestos?

»El milagro que necesito es algo más que abrir el mar en dos como quien traza un surco en la tierra. Tampoco te pido la vida. Si no lo tomaras a mal te diría que estoy cansado de ella, y sin embargo miro con ansiedad los movimientos de Zin, su mano herida, cuyos dedos toman con dificultad la bolsita negra sujetándola por arriba, no con los pulpejos, porque el dolor le impide el movimiento normal de las falanges, y pienso que es capaz de hacer trampa con tal de conseguir mi muerte. Te decía que ignoro el milagro capaz de dejarme limpio, que no me atrevo a pedírtelo por si te exijo demasiado, porque yo necesito algo más que tu perdón. Quiero que hagas que lo que fue no haya sido nunca. Así que toma mi pedazo de tiempo, esa minucia, cógelo como si fuera una esponja empapada de crímenes y exprímelo, vacíalo de horror. Sé que puedes hacerlo y que si no lo haces es por la indignidad de mi alma o por mi atrevimiento. Porque no sólo se trata de olvidar los hechos. No es eso lo que pido únicamente. Tendrías que borrarlos de la memoria de todos y, a la vez, destruirlos.

»La mano de Gayolita desaparece dentro de la bolsa y vuelve a aparecer, vacía como mi pensamiento, que se queda en blanco. Mikel, su mano fuerte y velluda, se hunde en la maldita bolsa como si la mano fuera todo él. Los dos me salváis de la ejecución, pienso, mas cuando esta farsa acabe me convertiré en una especie de judío errante con la muerte en los talones. Al Mostachos apenas le caben los dedos cuando insacula. Ahora es él quien coge la bola torpemente y el que vota es Zin, que envenena el recuerdo de nuestra niñez con su sonrisa helada.

»—Está bien —dice mirando a Mikel en busca de su asentimiento—. ¿Estáis de acuerdo todos en que se ha votado correctamente?

»Silencio.

»—En tal caso, procedamos al recuento, Mostachos.

»Oigo el ruido de las bolas al caer sobre la mesa. Y juro por Dios que no me sobrecojo al escuchar las palabras de Zin:

»—Tres bolas negras y una blanca. Ejecución.»

Gayola le dio alcance en el portal, qué modo de correr, resopló, casi me mato bajando la escalera, guayabete, y se colgó de su brazo. Le costaba lo suyo seguir sus zancadas por la desigual acera, miedo me da, pensó, porque cuando se pone así nunca se sabe el Cristo que es capaz de montar. Los rítmicos taconazos de él resonaban perseguidos por el eco en el callejón de sombras desde el que se veía, al fondo, una calle de tráfico regular con establecimientos grandes e iluminados.

Humedad. Niebla. El bulto informe de una rata saliendo de la alcantarilla, una rata cuyo chillido se agarra a la espalda en forma de repeluzno. El papel que cruje en la oscuridad.

—Aminora, hijo.

—Qué.

—Que corres demasiado.

El viejo embufandado que se cruzó con ellos se quedó mirándolos en mitad de la calle con las manos hundidas en los bolsillos del deformado pantalón.

—Estás llamando la atención. Serénate. ¿O es que crees que adelantas algo poniéndote así?

—Tengo que dar con Papadoc.

—¿Y Mikel? ¿Por qué no te pones en contacto con él? A lo mejor sabe dónde está.

—Deja estar a Mikel.

En la oscuridad, Gayola sólo alcanzaba a ver el perfil de Josechu. Escuchó su voz, alterada por el esfuerzo de la marcha.

—¿Tú qué opinas? ¿He hecho bien llamando a Capitanía o qué?

—Has hecho lo que te dictaba la conciencia. Ni bien ni mal. Pero lo has hecho a destiempo. Tendrías que haber avisado. Al menos a mí. ¿O es que no lo merezco?

—O sea, que he metido la pata. Pero es que ésa es mi especialidad, meter la pata. Bueno, sea como fuere, lo que te digo es que no me arrepiento de haber salvado la vida a esa gente.

—¿Y ahora qué piensas hacer?

Habían llegado a la calle iluminada y Josechu se paró en la esquina.

—Entregarme —contestó secamente.

—A Papadoc, supongo.

—Nada de Papadoc. Yo me entrego a mis compañeros. Al comando al que pertenezco y al que he traicionado. Lo de Papadoc es harina de otro costal. O sea que desde ya me entrego a ti. —Y juntó las muñecas sonriendo, pero Gayola le dio la espalda y echó a andar, no digas burradas va, a mí no se me entrega en la calle ningún tío, tiene que ser en la cama, de manera que corta el rollo.

Anduvieron un trecho en silencio, hasta que ella le propuso hacer unas llamadas.

—Quizá así daríamos con Papadoc —dijo—. Hablas con él, le explicas lo que ha pasado.

—Tú te vas al piso —cortó él—. Con los demás. Allí es donde debes estar. ¿O no son ésas las órdenes?

—¿Y tú?

—Yo iré a buscaros allí en seguida que haya resuelto un par de asuntos.

—No me quedo tranquila. Deja que te acompañe, anda. Puede haber algún loco suelto por ahí, y el refrán lo dice. Cuatro ojos siempre ven más que dos.

—Déjate de refranes. Mira, ahí tienes un taxi. —Y casi la arrastró hasta el interior del vehículo, donde la dejó después de haber echado un vistazo al conductor, tardo media hora, dijo, y advierte a los compañeros de partida que no se pongan nerviosos, que tengo muchas ganas de jugar con ellos.

Pero había de tardar bastante más por el tiempo que perdió en Saldúbar, la cafetería que solía ir cada tarde Begoñita con su marido y en la que no se presentó aquélla, y luego, en el bar Esquivel, donde conoció a Papadoc año y medio antes.

Unos veinte minutos estuvo en la barra de Saldúbar estirando la copa de Carlos III con la esperanza de verla por última vez. Estaba en su rincón habitual la peña de matrimonios jóvenes, con el marido de Begoñita, Iñaki, seriote como siempre, una sombra tiene encima, el cabrito, rumiaba sin abandonar la vigilancia de la puerta por la que tanto podía aparecer ella como un par de nacionales o cualquiera de los suyos, en cuyo caso sería el fin, el gesto significativo con la cabeza, vamos, sal, que te esperamos, o bien el cañón de una pipa anónima en los riñones, camina tranquilamente hacia la puerta o te abraso ahora mismo. Tendrás que conformarte, pensó, y si quieres verla otra vez no te va a quedar más remedio que cerrar los ojos y evocar la noche de luna en la que se desnudó y apareció ante ti su cuerpo vestido de plata. Pensó luego en la madre, aquella soledad que empezaba a encorvarse, y la recordó todavía lozana, guapa, sembrando estúpidos diminutivos por donde pasaba él, el soldadito, mi niñito, encubriendo más tarde sus fechorías, ¡el chico tiene un gran corazón!, babeando de felicidad cuando le dieron el puesto en la naviera y formalizó las relaciones con Begoñita, sabía que te encarrilarías, una lástima que tu padre no pueda verte ahora que te has hecho todo un hombre.

Vacío de Begoñita tanto como lleno se sentía de su amor, dio al taxista la dirección del caserío familiar, está a unos cinco kilómetros, ya le diré por dónde se entra. Pero la ciudad estaba erizada de metralletas, cada dos por tres aullaban los coches patrulla y él seguía con la pipa en la sobaquera.

—¿Qué pasa con tanto ángel custodio en las esquinas? —le preguntó al taxista.

—Están así desde el mediodía. Van a tiros por las calles como en las películas de vaqueros. Una vergüenza. ¿Es que usted no se ha enterado?

—Acabo de llegar de fuera.

Y el viejo del volante se explayó, abochornado está uno, créame, en las dos veces que he salido a la carretera me paraban un kilómetro sí y otro también. ¿No es una vergüenza llegar a esta situación?

—Pues mejor lo dejamos estar, no vaya a ser que nos tomen por terroristas y nos dejen fritos. Suele pasar. Suba por ahí a la parte alta.

—Mejor, sí. Yo le dejo donde me diga y me voy a casita, a ver la tele.

Y de nuevo callejas sombrías, piedras viejas, la silueta de la catedral difuminada entre la niebla, que se va espesando a medida que el vehículo asciende, y el aire que se hace jirones blancuzcos, arremolinados, un misterio de siglos como si todo cayera en el pozo del tiempo, hace mil, dos mil años, esto sería igual, pensaba Josechu, con otras luchas y otros luchadores, pero en el fondo lo mismo, y la pregunta de siempre, ¿vale la pena?

En el bar Esquivel el aire podía cortarse con un cuchillo. Guirnaldas descoloridas. Feliz Navidad en el espejo de Anís del Mono. Preguntó al de la barra, maketo él, ¿ha visto por aquí a Eugenio?, porque Papadoc era Eugenio por aquellos andurriales, hace días que no viene aunque a veces aparece con algún amigo, pues espero un rato. Y se sentó a la misma mesa donde conociera a Papadoc, envuelto en un clamor de voces euforizadas por el alcohol y la abundancia que promete la extraordinaria, lo importante es vivir, decía un hombrón afónico a punto de estallar las venas de su cuello de toro, y Josechu se sintió desvalido, una incógnita flotando en la eternidad, ¿tenía futuro la eternidad o era un presente obsesivo como la mente de un loco?, se sintió perdido, todos me abandonan, y recordó las palabras de Cristo, ¿por qué me has abandonado?, consolándose con la idea de que Cristo fue también un revolucionario, un hombre libre con el suficiente valor para enfrentarse solo a las estructuras de su tiempo, un hombre que relativizó la Ley anteponiendo el amor al prójimo al amor a una Ley fósil, es decir, al legalismo. Cristo, el subersivo, desacata la autoridad de los fariseos, Cristo se siente a gusto entre los *hippies* malpensantes y harapientos, frecuenta la compañía de marginados, de publicanos, putas y ladrones, afirmando que todos ellos precederán en el Reino a los buenos por decreto de los hombres. Cristo, que se niega a ser manipulado por los poderes políticos, que denuncia públicamente la estupidez, la hipocresía, la mezquindad, que se niega a ser símbolo de perfección y prefiere quedarse junto al pueblo, entre los suyos, que acabarían traicionándolo o negándolo. El Cristo-hombre transgresor antes que cómplice y que, sin embargo, dejó a la humanidad el mensaje de respeto por la vida. Recordó las palabras de su padre, tienes que respetar a todo el mundo, pero el padre, al decir todo el mundo, expresaba el conformismo, pretendía hacer de él el manso del esquilón que mueve a risa, por eso Josechu lo despreció en secreto, quizá sin saberlo, y por lo mismo rompía violentamente su natural poquedad con actos suicidas que le valieron fama de rebelde, con la complicidad de la madre, que le alentaba a esa rebeldía seguramente porque también ella despreciaba la resignación del marido, siempre con sus vaquitas, sin empuje para luchar por la vida como hacía su cuñado.

Le había faltado el Cristo-padre, revolucionario, un hombre como Papadoc, pensó, y en aquel momento comprendió la razón de sentirse tan atraído por él. Y era que Papadoc representaba lo contrario del padre, lo que él hubiera querido ser, la audacia, la astucia, el aplomo y, sobre todo, la rebeldía. Comprendió, además, la sutilidad de los mecanismos mentales: sin la intervención de su voluntad, el subconsciente de Josechu había sustituido la figura del padre por la de Papadoc, su contrafigura. Era el único modo de sentirse protegido, y al llegar a este punto surgió la gran revelación: él, Josechu, se veía repetido en el padre. Una persona bondadosa como él, a quien empezó a despreciar cuando en la calle y en el colegio los niños sólo hablaban de los héroes de carne y hueso, héroes anónimos que mataban y morían por la libertad del pueblo. Su proceso de transformación culminó al descubrir que su hermano Mikel era uno de aquellos héroes. Fue entonces cuando, en un acto de rebeldía contra el padre y contra sí mismo, cogió la pistola de su hermano y mató a Sanromán. Ahora se ha derrumbado todo, pensó sonriendo a la familiaridad beoda de un vejete con cara de pájaro que le invitaba a beber en la barra, olvida las penas, tú eres demasiado joven, le decía golpeando su espalda amistosamente, tienes mucha vida por delante,

—qué coño es eso de estar solo ahí. Si te ha dejado la novia, es un suponer, pues ya saldrá otra. Mujeres es lo que no faltan al hombre que es hombre.

Se dejó convencer y, abrazado por el viejo, se incorporó a la pequeña barra.

—Pon una ronda para todos —dijo al del mostrador.

Y el vejete:

—¿Tú ves, hombre? Eso ya es otro cantar.

Y se extendió en consideraciones de carácter filosófico, es lo que yo digo, nada vale la pena, ¿para qué?, al final uno se enciende en gusanos y a hacer puñetas. Por cierto que en mi pueblo había un sabio así tristón, como tú estabas ahora mismo, nada, que ni se acordaba de comer de tanto como le daba al magín, siempre pensando,

—¿y sabéis qué le pasó?

La rueda de bebedores miraba al vejete en silencio, pues que se apolilló, no os riáis que eso lo ha visto mi menda, nadie me lo ha contado, empezó a llenarse de polillas, sí, mariposillas torponas, primero los sobacos, luego le salían de todos los pelos, de la cabeza, de los oídos y cuando quiso hablar empezaron a salir polillas de su boca, nubes de polillas, hasta que el pueblo se llenó ¡que no se veía!, y...

El hombrón afónico quiso saber cómo quedó la cosa.

—Termine usted, abuelo. Y qué.

—¡Y yo qué sé! Venga, tú —al del mostrador—, a ver la ronda que paga este buen mozo.

La niebla se había espesado. Le rodeaba un mundo fantasmal mientras bajaba paseando al centro de la ciudad. Callejas angostas con alaridos de gatos encelados. Húmedas plazoletas con árboles desnudos. Una farola de esquina encharcando su halo luminoso en la niebla. Y gotas que son alfilerazos en la cara. Hasta que empezaron los primeros copos de nieve. Caían desflecados, bamboleándose hasta fundirse en el aire cargado de humedad. Josechu apoyó la espalda en el quicio de un viejo soportal y se angustió, mientras los copos grávidos de frío se espesaban y se tendían a sus pies, resbaladizos. Siguió caminando, una sombra solitaria, fantasmal. Y al doblar una esquina sintió en un costado el cañón de su arma.

—Adelante, nene, sin rechistar.

Reconoció la voz de Mostachos.

—¡Quita ya, animal! —Y su codo se disparó—. Pero ¿qué te crees, que vas a poder conmigo?

Cogido por sorpresa, Mostachos se vio encañonado por la Parabellum de Josechu mientras su arma rodaba por el suelo.

—Anda, coge eso y lárgate. Y dile a Zin que voy en seguida. Tenemos mucho que hablar.

«Me pongo de pie y les digo.

»—Lo que tenéis que pensar es hasta qué extremos estáis llegando. Al matarme a mí matáis al hermano, al amante, al amigo.

»Mientras les hablo miro a Gayola, a Zin, a Mikel, más ellos no se atreven a levantar la vista de las cuatro bolas.

»—Destruís lo que más queréis.

»Zin sostiene su mano herida con la sana. Le veo apretar los labios como si tragara saliva.

»—Tendrás que esperar en el cuarto —dice—. Hemos de echar suertes a ver quien...

»Mikel aprieta los puños y su vozarrón nos ensordece a todos.

»—¡Deja que hable!

»No quiero que el dolor que le produce mi sentencia sea una especie de venganza mía. Detesto la venganza. Y le digo que se tranquilice, no pasa nada, Mikel, a estas alturas sería una estupidez negar la evidencia: tú o Gayolita me habéis condenado a muerte. Pero eso no importa, Mikel, créeme. Quizá si te dijera .que no me he inmutado lo más mínimo no me creerías. Pero es así. O puede que los dos hayáis metido dos bolas negras en la bolsa y que Mostachos se haya apiadado de mí a última hora. O Zin. Tampoco importa demasiado.

»La voz de Gayolita se levanta remota, como un muerto que resucitara:

»—¿Qué quieres decir?

»—Que lo único que lava mi traición es recibir la muerte de vuestras propias manos, pero que carece de importancia de las manos que venga. Es igual.

»Le sonrió, y ella lee en mi sonrisa el mensaje, nos lo hemos pasado bien en la cama, no dirás que no, mas tampoco me negarás lo atormentados que estábamos. Como si con la explosión de vida de nuestros cuerpos compensáramos las vidas que acabábamos de segar. Y pienso, tú, glotona, insaciable, un jadeo loco, la misma desesperanza, porque sabías que no amabas, que no podías amar, Gayolita, y ésa es tu condena de por vida, saber que has perdido la capacidad de amar confiadamente, y yo, Gayolita, yo hastiado porque buscaba en tu carne apretada otra hecha de luna que tampoco tendré nunca. ¿Por qué, Gayolita? Yo diría que porque me suicidé la mañana que disparé la Parabellum de Mikel sobre Sanromán, y mi otro yo, el muerto, me repetía a cada jadeo mientras me introducía en tus entrañas, ¿qué quiere usted?, ¿qué quiere usted?, y era como si mi deseo se llenara de los gusanos de su cadáver, Gayolita.

»—Quiero pediros perdón. Llanamente. Sin solemnidades. Como si os hubiera pisado sin querer o hubiera derramado la salsa sobre vuestros pantalones. Creo que me comprendéis. Yo no tengo nada que perdonaros, únicamente agradeceros lo que vais a hacer por mí. Pero hacedlo bien. Eso sí. No me jodáis con los dichosos nervios, ¿eh, Mikel?

»Zin me mira a la cara por primera vez.

»—Tu hermano no te ajusticiará —dice.

»Y yo le sonrío.

»—Cualquiera de vosotros que apriete el gatillo es mi hermano. Esto es lo que quiero que entendáis.

»Oímos los timbrazos del teléfono.»

Recelando todavía de Mostachos, que había desaparecido entre la niebla, esperó unos minutos. Luego siguió bajando, envuelto en los remolinos de una niebla cada vez menos consistente. Ni un alma en las calles del casco antiguo, donde había dejado de nevar aunque el frío se sentía más. De vez en cuando una taberna abría su panza iluminada a la oscuridad de una calleja. Cuando esto sucedía, Josechu miraba por el rabillo del ojo. Entonces su retina registraba la instantánea del tipo encanado de risa y sus oídos se llenaban de un adiospamplona de dudosa entonación.

No pudo evitar la fascinación del río y, tras haber bajado por el embarrado desmonte, trepó hasta el primer tajamar, quizá sería lo mejor, pensó, y se vio mentalmente flotando entre inmundicias, como el feto de muñeca hinchada que tanto le había impresionado en su niñez. El bronco ruido de las aguas en crecida le obsesionaba. Auscultaba los chasquidos y lengüetazos al pie del tajamar. Perseguía en las sombras el regolfar del agua bajo el primer arco, no es esto lo que esperaba de ti, Josechu, dijo en voz alta, y se sintió lleno de desprecio hacia sí mismo.

Cuando saltó el desmonte sus botas se hundieron en el barro medio helado. Creyó que iba a vomitar el corazón mientras trepaba por la pendiente del ribazo, también tú te haces viejo, macho, y siguió caminando en favor de la corriente. A pocos metros de él, en la calzada, la luz de los pocos vehículos que circulaban barría la oscuridad como si una milagrosa manga de riego limpiara el mundo de sombras. De pronto se detuvo un coche a su espalda. Le deslumbró el potente foco en el preciso instante en que se volvía, ya los tienes ahí, pensó, y los músculos de su cara temblaron. Veía a contraluz la silueta del guardia que se acercaba a él. Distinguió perfectamente la gorra ladeada y la culata de la metralleta, pero siguió inmóvil, esperando el descuido, que se produjo cuando el guardia se paró frente a un charco. Fue una fracción de segundo, lo suficiente para que Josechu saltara el pretil a la torera. Caía en el vacío cuando las primeras balas empezaron a silbar, he podido matarlo, pensó mientras se ponía de pie abajo, pero no quiero más muertes. Y la nueva ráfaga, disparada a ciegas. De repente se le borró el mundo del pensamiento. Únicamente sabía que tenía que correr y corrió, corrió sobre un suelo viscoso buscando ganar distancia a los de arriba, ¿para qué fin fue creado el hombre?, y contestaba él mismo a su pregunta, para correr, correr, correr... Curioso, pero le entraron ganas de reír, qué jodidamente complicado es el hombre, pensó mientras clavaba sus tacones en la oscuridad sin ver lo que tenía delante, corre, Josechu, hasta que te descrismes contra lo que sea, pero mueve las piernas, condenado. Resollaba cuando se paró un instante para mirar hacia atrás, un blanco perfecto, murmuró al ver asomar a lo lejos la cabeza de un nacional, mas no le tentó la idea de disparar. Hay que salir de la ratonera, se dijo, y reanudó la carrera favorecido por un tenue resplandor procedente de Dios sabe donde y porque sus ojos se habían hecho a la oscuridad. Pensó en el cerco. Traerán perros, los jodidos, tengo que darme prisa. Y salió disparado hacia un pequeño terraplén, ¡arriba, Josechu, es tu única posibilidad! De lo alto del terraplén, a la rama que le tendía el robusto árbol que crecía junto al río. Le resultó fácil subir agarrándose a ella y dejarse caer blandamente a la otra parte del pretil. ¿Y ahora qué? Había que correr de nuevo aprovechando el despiste de los guardias. Y en eso una voz a su espalda, te tenemos cogido, así que sal de ahí con las manos en la cabeza y no hagas jilipolleces. Siguió deslizándose y rodó por el suelo hasta la fila de coches aparcados junto al bordillo. Pensó en Gayolita, si estuviera aquí no habría problema. Le dolían las muñecas de tanto gatear, sudaba. De pronto, el fordfiesta que se mueve levemente. Levantó la cabeza y allí, en los asientos delanteros, la pareja de tórtolos.

Atrajo su atención golpeando el cristal con el cañón de la pistola. Un gesto enérgico con la cabeza, mientras piensa rápido, venga, tío, ya has chingado bastante.

En seguida que se entreabrió la puerta le metió la Parabellum debajo de la nariz.

—¡Quietos! Tú maja, pasa detrás. Y calladita, ¿eh?

El muchacho le miró con ojos de espanto.

—Sólo llevo dos mil pesetas —dijo levantando las manos tímidamente.

—Yo llevo más. Pero no busco dinero. Así que tranquilo.

Se volvió hacia la muchacha, que saltaba medio desnuda sobre el respaldo delantero.

—No va a pasaros nada si colaboráis —dijo—. Así que échate ahí y no te muevas para nada. Ni hables. A no ser que quieras que me cargue a tu amiguete.

Se le había enganchado algo en la punta de la bota, una braga, pudo comprobar, y se la tiró detrás a la muchacha.

—Póntela —dijo. Y añadió—: Una niña no puede entrar en casa sin las braguitas puestas. Puede perderlo todo menos eso. No lo olvides nunca.

Al principio todo fue bien, pero al tomar el puente Josechu advirtió que el coche patrulla se dirigía hacia ellos.

—Acelera mientras cruzamos —ordenó—. Y mucho cuidado con sentirte héroe. Te juro que lo pasarías mal.

La sirena parecía enrollarse en las ruedas traseras del fordfiesta, cuyos faros taladraban la niebla despedazándola, sorbiéndola en parte, desplazándola violentamente hacia ambos lados del vehículo.

Josechu:

—Acelera, chaval. Hemos de cruzar este maldito puente antes de que nos pesquen por el otro lado.

Y pensó, llevan radio, mientras presionaba las costillas del conductor con el cañón de la pipa,

—¡a fondo, macho, hazte cuenta que rodamos una de gángsters!

—Hace poco que tengo el carnet.

—Da lo mismo. Tú a lo tuyo. Sin distraerte.

Y olvídate de los semáforos. El renuncio lo pago yo.

—¿El qué?

—La multa, hombre.

Tenía que estar pendiente del gimoteo de la niña, tú a callar, no me lo pongas nervioso, de la niebla, entre la que podía aparecer un coche que lo estropeara todo, del canguelo del conductor,

—más rápido, lo estás haciendo muy bien.

Como se temió, al otro extremo del puente les esperaba otro coche patrulla.

—Ahí los tienes —dijo Josechu—. Ahora tuerce a la derecha.

—Es contradirección.

Un empujón a la pistola.

—Haz lo que te digo. Sin miedo. Así. Ahora que están desconcertados tira por esa calle de la izquierda. Saldrás a la avenida.

Con los impactos recibieron una lluvia de vidrios astillados, ¿estás bien?, preguntó Josechu a la atemorizada chavala, que siguió gimiendo.

—¿Te han dado? ¡Contesta, coño!

—No.

—Pues adelante.

La amplia avenida estaba descongestionada de tráfico y Josechu sacó su pañuelo por la ventanilla, ¡sigue arreando!, creerán que llevamos un herido. Pasaban a los demás vehículos, ¡el claxon no dejes de tocar el claxon!, perseguidos por el vehículo policial a todo gas.

—¡Lo tenemos encima! —gritó nerviosamente el muchacho.

—Ahora da lo mismo. No dispararán. ¿Ves aquella esquina? La de la plaza.

—Sí.

—Está bien. Frenas en seco cuando yo te diga y arreas otra vez. Pero arrea bien fuerte porque si no lo haces os frío a los dos.

Josechu asió la manilla del cierre y esperó el momento preciso en que el coche doblaba la esquina, ahora no nos ven, dijo, y tras el frenazo en seco saltó,

—¡sigue!

Recuperó el equilibrio en la acera y todavía le sobró tiempo para ver al coche patrulla persiguiendo al par de tórtolos.

Al otro lado de la plaza, aparcados en batería, vio unos cuantos taxis. Cruzó despacio y después de echar un vistazo a su alrededor se metió en uno de ellos.

Quince minutos después entraba en el piso del comando.

«Cinco timbrazos. Después, silencio.

»Cinco —dice el Mostachos—. Sea quien sea, la señal indica que volverá a llamar.

»Zin vuelve la cabeza hacia él y le mira desdeñosamente como quien dice vaya descubrimiento que haces, gitano. Nadie se ha movido del sitio. Únicamente Gayola se ha acercado a Mikel como si buscara su protección. De ser así, pienso, ¿es que se siente culpable? ¿Es ella la que ha metido la bola negra en la bolsita? O puede que no, dudo. Es posible que haya adivinado que es Mikel quien ha votado mi ejecución y que se haya aproximado a él en un arranque de protección. Sí, quizá haya sido él. Es muy suyo. Siempre lo fue. Aparte de que es posible que no quiera dejarme morir en la calle como un perro después de pasar la humillación del acoso. Porque Gayolita no es tan cerebral. La conozco. Eso sin contar con que nunca pierde la esperanza. Lo extraño es que no me haya mirado abiertamente a la cara desde la votación.

»El Mostachos da la vuelta a la mesa, recoge su pipa y se la mete en el cinto. Luego elige un trozo de regaliz del mazo que hay sobre el aparador, ahora le ha dado por dejar de fumar, pienso, y le sonrío con guasa, como si fueras a vivir cien años, y desaparece en el cuarto del teléfono.

»Zin levanta la voz: destemplada,

»—¿adónde vas, gitano?

»Desde el cuartito nos llegan las broncas palabras del Mostachos, ¿también tú?, yo no soy ningún gitano, ¿lo oís, cabrones?, y asoma la cabeza y me mira seguramente porque el inventor del mote soy yo, que le vuelvo la cara, ¡a la mierda!, mientras él sigue despotricando.

»Zin interviene:

»—Al teléfono contesto yo. Tú mismo me has hecho responsable del comando o de lo que queda de él.

»Y Mikel:

»—Aquí no manda nadie en particular. Si quie-

218

res contestar al teléfono hazlo, pero sin darte humos. No faltaría más.

»Están nerviosos. Menos Gayolita, que no sabe qué hacer, anda, pon el transistor, le digo, a ver qué dice del comando fantasma que se ha cargado a Villacorta. La veo buscar el chisme, pero sigue eludiendo mi mirada, ¿no me habrá salido rana la Gayola?

»Al Mostachos le pesa su propia vertical. Nunca lo he visto de pie como Dios manda. Siempre busca un arrimo, como las bestias asustadas, el quicio de una puerta, una pared, lo que sea. Ahora se apoya en el marco de la puerta del cuarto en ei que Zin está esperando la llamada. Mira al techo sin dejar de morder la regaliz, los brazos cruzados a lo John Wayne, una pierna sobre la otra, los ojos muy abiertos. La luz que incide sobre él, oblicuamente, da a su cara una tonalidad verdosa, gitano, me pregunto, ¿no será que has metido en la bolsa una bola blanca para darte el gustazo de matarme en la calle? Me confesaste en cierta ocasión que es la caza que más te gusta, ¿cómo dijiste, caza mayor?, no, no, decías que por encima de la caza mayor estaba la caza *mejor*, la caza del hombre. Gitano, creo que he resuelto el enigma. Tanto Gayola como mi hermano han metido en la bolsa bolas negras. Ahora está claro. Dos de ellos más la de Zin, las tres que han salido. Luego la blanca es la tuya.

»Zin le dice a Mikel:

»—Si quieres puedes marcharte. Lo que falta por·hacer es asunto nuestro.

»—Pero qué mala bestia eres —replica mi hermano, y le veo ponerse blanco, menos la frente, que se tiñe de rosa y empieza a barnizarse de ese sudorcillo viscoso que padece cuando tiene que actuar.

»—No te hagas mala sangre —le digo. Y el Mostachos me mira echando chispas por los ojos desde el marco de la puerta, ¿por qué no lo encerramos ahí dentro?, pregunta a los demás, lo menos que podría hacer es no meter baza en nuestros asuntos.

»Nadie le hace caso.

»En los labios de Zin relampaguea a veces un gesto de dolor. Lleva la mano herida a la altura del pecho, abierta y con la palma vuelta hacia delante, y de repente le grita a Gayola, esto me lo pagarás, zorra. Ella se encoge de hombros, ya te pedí perdón, dice con la boca llena de pipas, y sigue con el transistor pegado al oído.

»—El que ha llamado podría ser Papadoc —dice Mostachos como si monologara.

»—También puede tratarse de un despistado que se equivoca de número —le replica Zin.

»Pienso que la bola blanca puede ser también cosa de Zin. Mientras fuimos niños éramos como hermanos. Después, de mayores, en nuestras charlas varábamos a veces en la infancia, el ancla enganchada en los fondos del recuerdo, las barrabasadas que hacíamos, cosas así. Y yo opino que todo esto no puede olvidarse por mucho que sea el rencor y que por eso cabe pensar que a última hora Zin haya decidido salvarme, de momento al

220

menos. Por otra parte, si quiere de verdad a Begoñita y se siente culpable, no es de extrañar que lo haya hecho por ella. No creo en la absoluta maldad humana. Por densas que sean las tinieblas siempre hay un resquicio por el que acaba entrando la luz. Sería idiota pensar que Zin es íntegramente malo. Zin es como lo han hecho las circunstancias, lo mismo que yo, por eso no puede excluirse la posibilidad de la bola blanca. En cuyo caso debería mi sentencia al Mostachos, eso es. Y a Gayolita y Mikel, claro.

»Mikel se acerca a mí.

»—¿Quieres algo?

»—Sí. Dame una de esas inyecciones contra el dolor. Me duele el brazo hasta el hombro.

»Le veo dirigirse a la habitación del fondo, donde está el botiquín, de donde sale al instante con una pequeña palangana en las manos. Gayola le dice, deja, lo haré yo, y su mirada se cruza con la mía por primera vez desde la votación. Gayolita no me ha hecho la guarrada, me digo posiblemente para convencerme de que es así, pero reflexiono y concluyo que en realidad no se trata de ninguna guarrada. Se trata de terminar cuanto antes, aguzo el oído, ¿está llorando Mikel en el cuarto del botiquín? El Mostachos me mira muy serio y Gayolita vuelve la cabeza hacia el corredor, al fondo del cual se oye un llanto confuso, algo así como un quejido entrecortado.

»También el Mostachos parece conmovido cuando me recrimina, menuda la has armado, Josechu, no me ha dicho nene, y acaba exclamando ¡rediós! mientras desaparece en la penumbra del pasillo. Y es que a Mikel lo quieren todos.

»Gayolita se me acerca con la jeringa en la mano.

»—Yo te remango —dice. Y siento el aroma de su piel qué difícil de entender es la naturaleza humana, le digo, pues no se me está levantando.

»—Por favor, Josechu.

»—¿A ti no te apetece?

»—Quita esa mano.

»La aguja penetra en mis músculos y el aliento de Gayolita penetra hasta lo más profundo de mi sexualidad. Si me lo permitiera, ahora mismo la desnudaría prenda por prenda hasta dejarla como vino al mundo y palparía sus pechos, tan duros, hasta encenderle los pezones y llevármelos a la boca como si fueran guindas confitadas.

»—La verdad, ¿no te gustaría hacerlo con un proyecto de cadáver?

»—Qué quieres, di.

»—Todo. Ahora mismo lo querría todo.

»—¿Quieres martirizarme?

»—Dame un beso.

»Gayolita mira alrededor y como estamos solos me entrega su boca entreabierta, chupo su lengua, bebo sus lágrimas, toma, guayabete, se levanta el suéter, qué hermosura, murmuro, y sepulto la cara entre sus pechos mientras mi mano libre se mueve bajo la falda.

»Me toma la cabeza, los dedos extraviados entre mi pelo, y murmura a mi oído:

»—Sigue.

»Segundos después se desploma en mis brazos gimiendo.

»—Si quieres les digo que nos dejen un rato —me propone.

»—Se van a reír.

»—¿Tú lo deseas?

»Afirmo en silencio con la cabeza y ella se levanta y se aleja al oír los pasos del Mostachos, que viene por el pasillo. Pienso en algo que oí sobre que a los condenados a muerte se les despierta un fuerte apetito sexual. La comida no les dice nada pero a la mayoría de ellos se les hinchan los órganos sexuales y no quieren más que estar con una mujer. De ahí la vieja costumbre de darles una prostituta la víspera de la ejecución.

»El Mostachos dice preocupado:

»—Son más de las dos.

»—¿Sigue nevando? —le pregunto.

»—Qué va. Hace luna.

»Entra Mikel. Más viejo. Como cansado. ¿Para qué atormentarlo más?, pienso, y decido no decirle nada. Sin embargo Gayola se pone de puntillas y murmura algo en su oído, qué va a pensar de ti, me pregunto, pero comprendo que tampoco es ninguna guarrada que quiera acostarme con una mujer, esta tarde lo he hecho con una desconocida, aunque la verdad es que el polvo no me ha sabido a nada. Pura mecánica. No es el caso de Gayolita y suspiro al pensar lo que habría sido poder estar con Begoña.

»Me invade un suave sopor, es el sedante, y no

223

sé si es la voz de Zin la que dice que habría que aligerar las cosas. Creo que en un caso como el mío Begoñita habría accedido, pero ¿y yo? ¿Habría sido capaz ni siquiera de proponérselo? Qué bichos complicados somos. Entresueño su cuerpo pálido de luna, vuelvo a oír mi propia voz, es la mejor fotografía, su sexo es pálido también con una sonrisa de cera virgen cuando se abre para mí, Begoñita..., tengo el slip mojado.»

Mostachos tenía los pies dentro de una palangana con agua caliente. Ni le oyó entrar. Por eso levantó la cabeza con cierto sobresalto al oír la mortificación de Josechu:

—¿Tienes sabañones, gitano?

—Lo que tengo es muy mala leche.

—Eso ya lo sabemos todos.

Pasó despreciativo por delante de él y casi se dio de bruces con Gayolita en la puerta del dormitorio.

—¿Ninguna novedad?

—Nada.

Preguntó por Zin.

—No sé. Quizá esté buscando a Papadoc.

—¿A Papadoc o a mí?

Gayolita miró las botas embarradas de Josechu, ¿dónde te has metido, si puede saberse?, y escuchó de sus labios todo lo que le había pasado desde que se separaron.

Josechu:

—¿No te ha contado el gitano el resultado de su hazaña? Quería detenerme, el muy animal, y traerme aquí del hocico.

Los ojos de Gayolita sonrieron.

—No ha dicho nada, pero ten la seguridad de que te la guarda. Ya lo verás.

Le ayudó a quitarse las botas y Josechu se metió en la ducha.

Bajo la tibieza del agua reconsideró su situación. Las cosas estaban bastante mal, lo cual no impedía que conservase la esperanza de que Papadoc encontrara un medio para evitar lo peor, aunque si no aparece, pensó, estos tipos van a destrozarme, el primero Zin. Pensó que lo mejor sería hablarle claro, juégate el todo por el todo, le diría, abandona antes de que sea demasiado tarde, mira que no puedes hacer un cementerio de tu vida. Y si te he faltado en algo dilo, coño, aclaremos las cosas.

Mostachos, su cara huraña, le esperaba en el dormitorio.

—Pero ¿con qué permiso entras tú aquí?

—Menos chulerías.

Gayolita acudió al oír las voces, ¿qué os pasa?, y miraba a Josechu conteniendo la risa,

—tú, déjalo al menos que se vista —dijo a Mostachos.

—Pues que me entregue su pistola. ¡La ha escondido, el cabrón!

Josechu avanzó hacia él desnudo, sin darse cuenta de que la toalla se le había escurrido de la cintura.

—¡Que te parto la cara, gitano!

—Ya será menos.

Pero Mostachos retrocedió mordiendo·con rabia un trozo de regaliz.

—Cuando estén los demás os daré la pistola. Me entrego. ¿Qué más quieres? Pero no voy a darte el arma a ti solo. ¿Por qué no me la has quitado hace un rato? Ya te digo, yo la entregaré a ésta —y señaló a Gayola—, a Zin, a mi hermano, a todos, pero no quiero que farolees y vayas diciendo luego por ahí que me has desarmado. ¿Lo oyes bien, gitano?

Siguió avanzando hacia él y mira quítate de mi vista, no me calientes más la sangre.

—Te juro que me las pagarás.

Comprendió lo apurado de su situación cuando habló con su hermano.

—Te has jugado el cuello y lo has perdido —le dijo Mikel.

—Lo sé.

—¡No lo sabes! Nunca has sabido nada, Josechu. Has jugado a vivir. Tú, hale, a tu capricho. De manera que no lo sabes. Esto es mucho más serio de lo que tú crees. Que no, Josechu. No·se pueden desobedecer las órdenes. No se puede coger un teléfono y llamar a Capitanía alegremente, oiga, que le van a matar unos etarras medio locos. ¡Eso no se puede hacer, leche!

—Está bien, hombre. Yo soy el único responsable y por eso estoy aquí. Por eso me entrego.

Mikel paseaba el dormitorio arriba y abajo, ésa es la cuestión, que tú no eres responsable porque eres un irresponsable. ¡Me cago en la leche! Pero cómo hacértelo comprender —miró a Gayola y le mandó salir de la habitación—, tú, largo, hazme el favor, y siguió paseando como una fiera enjaulada, —esto es mucho peor que un sumarísimo, Jose. Allí al menos te ponen un defensor, hay un código, un tribunal. Tienes apelaciones. Cuentan muchas cosas, la hoja de servicios, qué sé yo. Pero aquí no hay nada de eso. Aquí no encontrarás piedad. El que traiciona a la Organización puede darse por muerto. ¡Y eso es lo que tú no sabes! Lo que te espera. Venga, di. A ver qué crees que te espera, qué esperanza tienes de vivir después de lo que has hecho. El chivatazo, la muerte de un compañero y todo lo demás. Mira que te lo advertí cuando entraste en la Organización. Aquí no cuentan los sentimientos. Aquí no valen esos lujos. Te lo dije, mira que te conozco y sé que eres todo corazón y esto no te va. Déjalo antes de enmendarte. ¿Que mueren dos mujeres inocentes? Pues qué se le va a hacer. Nosotros somos los primeros en sentirlo, porque no somos fieras, pero no podemos hacer nada para remediarlo. Mira ellos. Le ha faltado el tiempo al tal Villacorta para movilizar a toda la policía. Como fieras han caído sobre los nuestros. ¿Entonces qué? ¿Sólo a nosotros nos corresponde dar beligerancia? ¿Ellos tienen bula?

Fue la primera vez que comprendió su verdadera situación.

—Tenías que haber visto a aquellos dos mujeres, Mikel.

—Y tú tenías que ver cómo ha quedado Koldobika. ¡Lo han partido por la mitad! Es lo que dicen ellos. Además, no sólo es el mal que has hecho sino el que puedes hacer. ¿Eh? ¿Qué me dice el niño mimado? A madre, a mí... ¿Por qué no llamas ahora a la hija del general y a su nietecita para que te saquen del atolladero? ¿Qué crees que harían? Torcer el morro. Esa gente es así. Lo siento mucho, la Patria y todas esas monsergas, pero te mandan a tomar por el saco. Luego, si acaso, se confiesan y se van al cine. ¿Sabes tú por lo que estabas luchando? ¿Lo has sabido alguna vez? Luchabas para terminar de una vez con los principios por los que se rige esa gente.

—¡Son seres humanos!

—¡Pues llámalos! Acude a su humanidad. Diles que te ayuden, porque lo que es yo no puedo ayudarte y te vamos a matar.

Lo agarró de los brazos y lo zarandeó, ¿sabes lo que te espera?, ni siquiera el consuelo de pegarte un tiro porque no se fían de ti. Te echarán a la calle. Harás el mismo papel que hacen esos zorros perseguidos por los cazadores a caballo hasta que acaban con él. Sólo que en tu caso irán a pie o en coche, te buscarán por donde menos puedas imaginarte y no te valdrán tus tretas. Todo esto sin contar con que también la policía te sigue el rastro.

—Puedo pedir que se me haga un juicio. Tengo derecho.

—Allá tú.

Mikel se sentó en el borde de la cama, al lado de su hermano,

—haz lo que quieras. Si pides juicio lo tendrás, pero será el tiro en la nuca.

Le abrazó, lo que quiero que comprendas es que no puedo hacer nada por ti, ni siquiera Papadoc hará nada porque no conoce la piedad con los traidores. Y levantándose maldijo y golpeó la pared con el puño hasta sentir el dolor en la nuca, maldito chiquillo, que has pasado por la vida sin enterarte de nada, ¡de nada, coño!, y ahora tampoco sabes lo vacío que me dejas, cargado de remordimientos y solo. Y es que Mikel, que había renunciado hasta a casarse, vivía para su hermano y para la causa, mas especialmente para él, el niño difícil que se hacía querer precisamente a causa de su irreflexión y de sus insospechadas reacciones.

—Nunca creí que fuera tan inútil —murmuró Mikel, voz apenas audible, rota por el fracaso, la voz de un hombre ·que ve ante sí su propia imagen hecha añicos y cómo las trizas desaparecen en el abismo de soledad que se abre a sus pies, porque ya no tendrá a quién proteger, vida sin sentido.

Fue en aquel momento cuando entró Zin. Todavía llevaba puestos los guantes y el chaquetón de piel forrado de lana.

—Me ha parecido que gritaba alguien —dijo— displicente. Y, en seguida Josechu, precisamente quería hablar contigo, Zin, a ver qué tienes contra mí,

El gesto era amistoso, pero Zin levantó con su fría actitud una muralla de desprecio entre los dos.

—somos amigos desde críos, Zin.

—Lo que quieras, pero no tengo nada que hablar contigo.

Se volvió hacia el vano de la puerta y llamó a Mostachos a grandes voces.

—Tráete unas esposas —le ordenó secamente al verlo aparecer—. Se las pones a éste.

A Josechu se le heló el aliento, pero, Zin..., y comprendió su soledad al ver que su hermano desaparecía más seco que un leño, hasta habría asegurado que vagamente satisfecho y con cierto énfasis de aprobación en el talante.

Mostachos estaba junto a Zin con las esposas en la mano.

—Todavía tiene la pistola —dijo, y su cuerpo se tensó dispuesto a saltar sobre su presa. Pero Josechu metió la mano debajo del colchón y sacó el arma.

—Que conste que me entrego al comando.

Y Zin:

—Otro acto heroico del niño bonito. De nada te va a servir.

—No te reconozco, Zin.

—Las personas nunca llegan a conocerse del todo. Sujétalo al somier, Mostachos.

Le entregó la muñeca izquierda y Mostachos le obligó a tumbarse de un empujón, pero Gayola entró en el cuarto echando veneno por la boca, ¿qué pretendéis?, a ver, Zin, ¿con qué derecho lo esposáis?, esto no son procedimientos,

—parecéis fascistas, desgraciados.

Josechu la obligó a callar, y cuando Zin y Mostachos abandonaron la habitación, pidió a Gayola la bolsa de viaje que había al fondo, sobre una mesita baja.

—Tienes que luchar, guayabete. No te acobardes.

—Ahora hay que pensar en otras cosas. Déjame solo, por favor.

Tan pronto como Gayola desapareció, cerrando la puerta, Josechu revolvió en su bolsa y sacó un pequeño volumen de tapas amarronadas. Era la Biblia.

«El primer timbrazo del teléfono me devuelve parte de la lucidez. Zin corre sobre mis pestañas y su voz cosquillea en mis oídos, "empezábamos a estar intranquilos". Intento escuchar lo que dice pero sólo oigo sus repetidos monosílabos, "sí..., sí..., sí..." Recibe órdenes, pienso, y me pregunto si no será Papadoc. Unos dedos fríos recorren mi cara, son dedos frágiles, de mujer, ¿Begoñita?, qué más quisieras tú, y se me escapa un intento de carcajada reseca como un quejido.

»—¿Te duele el brazo?

»Reconozco la voz. Gayolita.

»—Apenas. ¿Sabes? El sedante me deja atontado.

»Le pregunto qué está pasando, por qué esperan Mikel y el Mostachos tiesos como si estuvieran en posición de firmes,

»—¿con quién habla Zin?

»El aliento de Gayolita hiere mi oído:

»—Me parece que es Papadoc. Todavía hay esperanza.

»Ha dicho esperanza. ¿Qué puede esperar un condenado a muerte en su última noche? Quizá acostarse con una Gayolita cachonda, eso nada más,

»—quiero olvidar todo esto.

»—Lo olvidarás.

»—Cuando me ejecutéis, claro. Por cierto, yo quería hacerte una pregunta sobre lo de las bolas, Gayolita.

»—Me imagino cuál es. No la hagas. Hace un rato, cuando no te habíamos dado el sedante, te portaste como un hombre entero. Bravo, Josechu. Pero, por favor, no lo estropees ahora.

»—O sea, que estoy en lo cierto y tú votaste...

»Gayolita se aleja de mí meneando el trasero como cuando se enfada. Zin sigue al teléfono diciendo sí, sí, qué manía, pienso, y me río de mí mismo, lo que pasa es que te ha drogado, payaso, te preparan para el viaje final con el pretexto del brazo.

»Llamo a Mikel con la mirada.

»—¿Qué diablos me habéis puesto?

»También él toca mi cara igual que acaba de hacerlo Gayolita.

»—Un calmante.

»—Me hace bien. Cuando llegue el momento me pones una dosis más fuerte. No me enteraré.

»—¿Sabes quién llama?

»—No.

»—Papadoc.

»Repito estúpidamente Papadoc, Papadoc..., y Zin vuelve a correr sobre mis pestañas, ahora en dirección contraria, es decir, saliendo del cuarto del teléfono, qué peso en los malditos párpados, pero esta vez su voz me llega muy clara.

»—hay que evacuar el piso. Orden de Papadoc. Luego nos dispersaremos. Ya diré a cada cual dónde tiene que ir. Prohibido acercarse al piso de Papadoc. Prohibido llevar armas. Prohibido hacer cualquier clase de manifestación a los compañeros ni usar los teléfonos. Prohibido salir a la calle hasta nueva orden.

»Zin se calla. El silencio me pesa dentro de la cabeza como si la tuviera rellena de plomo.

»Ahora es la voz de mi hermano:

»—Pero ¿dónde está Papadoc?

»—No lo sé —Zin—. Me ha dicho que viene en seguida pero que no quiere ver a nadie aquí excepto a ése.

»El dedo índice de Zin, que apunta a mi cara, me parece una oruga enorme de cartón piedra como las que salen en las películas de monstruos. La uña es una lanza afilada entre mis ojos, que empiezan a bizquear, excepto a ése, pienso, y ése soy yo.

—¿Me podéis dar un vaso de agua?

»—Es el sedante lo que te produce la sed —dice Mikel.

»Veo a Gayola corriendo hacia la cocina y al Mostachos con cara de Pascuas, ¿qué pasa, gitano, creías que tu Papadoc la había espichado?, le digo gangoseando.

»—Papadoc no la espicha nunca. Es inmortal.

»Mostachos tira al suelo triunfante el cacho de regaliz y va al aparador en busca de un caliqueño, le veo morder la punta, escupirla sobre la mesa, si será puerco, y Gayolita me pone el vaso entre los labios.

»—Qué atenciones —le digo—. Ni que uno fuera un moribundo.

»Un moribundo es lo que eres, pienso, pedazo de animal. Según me transmite Gayolita, Zin acaba de dar órdenes para que cada cual prepare sus cosas y se largue cuanto antes del piso.

»—El Mostachos le prenderá fuego —le digo a Gayola—. Hay cócteles Molotov.

»—El Mostachos no hará nada. Tranquilo. Tú te quedas esperando a Papadoc, pero mucho ojo. Ah, te dejan sin esposar. Órdenes. A lo mejor aún hay suerte.

»—No me dores la píldora.

»—Tienes que ser astuto, guayabete. Lucha hasta el final. ¡Miente! A lo mejor da resultado y todo se reduce a una temporada en las Ardenas. O donde sea.

»—No mentiré. A nadie. Y menos que a nadie a Papadoc. No se lo merece.

»—Él es peor que todos nosotros. Las mujeres tenemos un instinto secreto, y yo sé que él es mucho peor que todos nosotros juntos.

»—¿Papadoc?

»—Si tienes ocasión de acabar con él, hazlo.

Es una fiera escondida detrás de sus buenos modales.

»—Nunca volveré a matar. Creo en Dios, Gayolita. Estoy arrepentido de lo que he hecho.

»—Sí, claro. Eso está muy bien. Pero también Dios te dice que has de conservar la vida.

»—No creo que Papadoc...

»—Lo que te pasa a ti es que lo has divinizado. Nunca ves a las personas. Te las inventas. Las haces como a ti te gustaría que fueran.

»Empiezo a hablar conmigo mismo, el sedante, porque a Gayolita la ha llamado alguien y ha cortado el rollo. Ahora, medio dormido, la veo otra vez delante de mí cargada con un montón de billetes, venga, ¡despierta, hombre!, toma un par de fajos y métetelos donde puedas, y en vista de que no me muevo guarda su tesoro en una maletita y descorre la cremallera de mi pantalón,

»—te lo pongo en los slips.

»—El muchacho de los huevos de oro —le digo. Y la veo sonreír.

»Se arrodilla y se abraza a mis piernas, piernas de serrín, espabila, guayabete,

»—nosotros, nos vamos, ¿me oyes?

»—Os vais.

»—Eso es. Mira, si te vieras perdido con Papadoc tira a matar. Un blanco seguro es la cabeza. Tú lo sabes. La cabeza, ¿eh?

»Vuelve a hurgar en mi bragueta y me pone junto a los billetes el pájaro de fuego, un Firebird, entre mi triste pajarito y el slip.

»Está cargado. Ánimo, guayabete. Adiós.

»Mikel me besa en la frente como se besa a los difuntos. Le veo salir con un maletín y detrás de él a Gayolita cargada de bultos y ropa. Antes de hundirse en el corredor se vuelve por última vez. Me da el corazón que no volveremos a vernos.»

El hombre del mono azul sonrió a la vieja sirvienta que le abrió, perdone, me han dicho que entre por aquí, y dejó en el suelo la caja metálica de las herramientas.

—¿De qué se trata?

—Un grifo que hay que cambiar. De bañera.

La sirvienta se quejó, tres días llevamos esperando, y el del mono repuso como cabreado que lo sentía, pero que todo el mundo se acordaba del fontanero a última hora.

—Y menos mal que no me han llamado el día de Navidad.

—Ande, acompáñeme.

Una puertecita pintada de blanco, el corredor enmoquetado, un dormitorio de matrimonio amueblado con severidad, el crucifijo sobre la cama,

—pase por aquí. Es en el baño del general.

El hombre del mono azul observó la pieza que se abría al extremo del corredor. Era bastante grande, iluminada, y tenía una mesa de despacho a la derecha, junto a la puerta forrada de piel granate que se veía al fondo. Un oficial paseaba sosegadamente con las manos a la espalda. En la mesa, otro hombre de uniforme aporreaba una máquina de escribir.

—Mire, es este grifo. Se sale a chorro, como ve.

—Ya.

Cuando se hubo marchado la criada, el hombre se quitó el mono y apareció vestido de militar. Comprobó su atuendo en el espejo y sacó de la caja de herramientas una gorra de plato con la estrella de comandante. Pegado a la badana había un postizo de pelo grisáceo, hasta guapo vas a estar, pensó el comandante Dauden encasquetándose la gorra. Luego sacó un peine y se alisó el postizo sobre la nuca. Finalmente pegó sobre su labio un bigotito gris y cogió de la caja una pistola con silenciador. Por último, escondió el mono y la caja en el cajón más alto del armario empotrado.

El comandante Dauden presentó su credencial al brigada que había a la máquina, Servicio de Información, es muy urgente, dijo en voz baja, y el brigada anotó la filiación en un cuaderno registro.

—Un momento —dijo después, y entró en el despacho del general.

Cuando el joven capitán que esperaba sacó un cigarrillo, el comandante Dauden le dio fuego con un Ronson de oro, perdone, termino en seguida, le dijo, pero el capitán repuso que él estaba al servicio del general.

—Creí que hacía antesala.

—No. Simplemente estiro las piernas.

—¿Hay alguien dentro?

El capitán se encogió de hombros, acabo de subir. En aquel preciso instante se abrió la puerta forrada, puede pasar, mi comandante, y Papadoc inclinó la cabeza al brigada, franqueó la puerta y sacó la pistola que llevaba en el bolsillo de la guerrera. Minutos después abandonaba el despacho del general Villacorta, que no le molesten, al brigada, y se colgaba del brazo del joven capitán sonriéndole, si fuera usted tan amable de ayudarme a encontrar la salida,

—siempre me faltó el sentido de la orientación.

—A sus órdenes.

Le esperaba al otro lado de la verja un Seat negro ET con soldado al volante. El capitán se cuadró al arrancar el coche y Papadoc se llevó los dedos a la visera, gracias, capitán,

—ha sido usted muy amable.

Cerraba la noche cuando el vehículo enfiló la silenciosa calle flanqueada de árboles desnudos.

—¿Todo bien? —preguntó Goiri, un miembro de apoyo. Y Papadoc, perfecto, mientras se quitaba la gorra de plato, hay que ver el calor que da este chisme, insoportable.

—Una verdadera suerte la llamada que hizo ayer Carlos —comentó Goiri—. Sin su ayuda no se habría podido llevar a cabo la operación.

Papadoc entornó los ojos. Sí, una suerte que un confidente de la Organización que cumplía el servicio militar en la Sección de Mantenimiento de Capitanía, les hubiera informado de que el humilde grifo de una vulgar bañera se había declarado en huelga. Una verdadera suerte, sobre todo para la vanidad de Papadoc. Lo había conseguido. Ahora podía presentarse delante de Josechu y decirle, a ver si te enteras de que no te necesito. Y después recordarle algunas cosas. ¿O es que has olvidado? «Somos intransigentes en nuestra idea, en nuestra verdad, en nuestra meta esencial. Nos podemos permitir el lujo de atacar donde y cuando queremos. La norma es embestida de toro, defensa de jabalí y huida de lobo.» Nuestra norma es la ferocidad, pensó, y recordó la extrañeza que había en el rostro del hombre que acababa de asesinar y el salto que dio en el sillón al recibir los dos impactos en la cabeza, un pedazo de masa encefálica pegado al marco de plata de la foto familiar, el ojo derecho colgando como un despojo de carnicería. Como siempre que llevaba a cabo una acción personal, se sintió orgulloso de su astucia.

—Ha sido más fácil de lo que creía —dijo. Y encendió un cigarrillo, mientras Goiri comentaba entusiasmado la importancia de la hazaña.

—Hay que vengar a nuestros muertos —terminó sentencioso el joven conductor.

—Los muertos no se vengan. Somos los vivos quienes les involucramos en nuestras venganzas.

El Seat atravesaba las calles de la ciudad en dirección a la autopista. Se espesaba la niebla y había en el aire como una silenciosa profecía de nieve.

—¿Se sabe algo del soplón? —preguntó Goiri.

—Daremos con él.

Papadoc pensó que estaba ante otro joven patriota. Todos empezaban bebiéndose el mar y terminaban supurando malicia por los poros, quemados unos, sin más voluntad otros que la que dicta el crimen cuando se convierte en vicio, medio locos de tantos días de encierro, de tanta intención oculta.

Después de rodar varios kilómetros por la autopista, Goiri paró en el arcén, donde cambió las placas ET por otras de iguales siglas y distinta numeración. La celeridad con que realizó el cambio y la niebla impedían la sospecha de cualquier viajero de los que iban en los escasos coches que circulaban en aquel momento.

—Toma la salida tres —dijo después Papadoc—. Ya te avisaré donde tienes que parar.

Cómodamente recostado en su asiento, Papadoc imaginó a Josechu perdido en la ciudad, una sombra entre la niebla. Habría podido ser el hombre, pensó. Y de repente se vio rodeado de fantasmas, guardias civiles destrozados, ancianos de uniforme que caían rotos a sus pies, el *jeep* que salta en el aire entre una nube de polvo, la niña que se desploma en la glorieta abrazada al muñeco. Decían que era un solitario pero no era verdad. Cuando no trabajaba en sus planes u ordenaba un proyecto, o una operación, es decir, cuando su mente estaba ociosa, se veía rodeado de sus trágicos fantasmas, su compañía habitual, la única. Hasta en sueños los veía. Y era entonces cuando llamaba a Dios, la única palabra que le oía pronunciar Mostachos, que tiritaba de terror como el can que ventea la muerte.

Delante del caserón donde pararon les esperaba el anciano de la nariz roída. Papadoc ordenó a Goiri que se cambiara de ropa y que volviera a la ciudad con la furgoneta.

—¿Y Fermín? —le preguntó después al viejo, que le miraba sin reconocerlo.

—Arriba sigue. Durmiendo. ¿Le llamo?

—No, déjalo. Yo también voy a tumbarme un rato.

Sin quitarse el uniforme se dejó caer en la estrecha cama de un cuartucho. Oía espaciado el mugido lúgubre de una res que reclamaba la querencia del establo. Al menos el animal tiene algo seguro, pensó, algo que le protege, pero ¿quién me protege a mí contra mis terrores? Era la única razón por la que se negaba el sueño a sí mismo, a pesar de lo cual acabó rindiéndose a él.

Una media hora después le despertó un leve crujido. Atisbó en la oscuridad, es él, pensó, y los músculos de su cuerpo se tensaron. Sin producir el menor ruido, el cuerpo se acercaba a la cama, lo olfateo, se dijo Papadoc, y en el momento en que se abalanzaba sobre él lo inmovilizó con una llave de cuello.

Lo sacó en vilo del cuartucho y las sombras de los dos bailotearon agigantadas por las llamas de la chimenea.

Cuando Santamaría rodó por el suelo Papadoc lo encañonó.

—Estaba seguro, sabandija —dijo. Y montó la pistola ante los ojos espantados del traidor, que pedía clemencia, te lo diré todo pero no dispares, y habló atropelladamente de la caída del comando de Madrid y de su participación.

—Pero yo no los delaté.

—Lo hiciste, rata asquerosa. Lo mismo que has avisado hoy a Villacorta antes de que lo hiciera Josechu.

Y la punta de su zapato se estrelló contra el maxilar de Santamaría, que lloraba ensangrentado, fuiste tú, confiesa, ¿o es que me tomas por un imbécil?, Josechu llamó a las dos y a esa hora ya estaban cercados los comandos,

—habla, cerdo. Además, ahora venías por mí.

—Iba a despertarte por si querías algo. Pongo a Dios por testigo.

—¡Deja estar a Dios!

Y disparó. Tres, cuatro, cinco veces seguidas. El repentino manotazo que aplastaba su pecho le impedía respirar, por lo que gritó quizá buscando una justificación al nuevo crimen, ¡era una sabandija, un maldito infiltrado!, mientras se aflojaba el cuello de la guerrera, roja la cara y los ojos inyectados en sangre.

El viejo de las bubas, que hasta entonces había estado mirando impasible el fuego, apareció ante él.

—Vaya con el Ferminillo —dijo—. Y parecía un hombre cabal.

Y Papadoc:

—Haz un agujero en cualquier parte y entiérralo. Te pagarán.

Se había serenado como por ensalmo. Alisó la guerrera, cambió el cargador de la Parabellum y, después de ponerse cuidadosamente la gorra, se metió en el coche.

Nevaba intensamente cuando abandonó el caserón. Una hora después entraba en el portal de la finca donde le esperaba Josechu.

Era de madrugada.

«Me llama alguien, Josechu, y entreabro los ojos. Un hombre de uniforme. Está de pie delante de mí encañonándome con una extraña pipa. Digo extraña porque, drogado como estoy, soy incapaz de fijar los ojos en un objeto. Hasta el hombre del uniforme se me desdibuja. Aparece y desaparece o lo veo como si estuviera detrás de un cristal esmerilado. Sin contornos. Eso es. Josechu, repite una voz conocida, y levanto la cabeza, cómo me pesan los malditos párpados. Se me escapa un hilo de baba. Lo siento escurrirse hasta la barbilla, donde se encharca un instante para gotear después en el dorso de mi mano izquierda, ¿o es la otra? Miro la mano babeada y me conmuevo ante las ganas de llorar que me entran de repente, no por lo crítico de mi situación sino por el lamentable aspecto de subnormal que debo presentar. El uniforme sigue delante de mí. Inmóvil. Metido dentro de un bloque de agua. Ahora distingo unas piernas, pantalón de paseo. Veo también los zapatos. Negros. Manchados de barro. Impropio de un militar, pienso, y trato de levantar la cabeza para ver la cara que pone un muerto año y medio después de enterrado.

»—Le esperaba, coronel —mediodice mi lengua de corcho.

»Y la voz conocida, no soy quien te figuras, ¿ah, no?, tengo la punta de la nariz helada, un carámbano,

»—no me engaña, usted es el coronel Sanromán, lo sé por la gaviota.

»Le miro sin verle, la gaviota, señor, se asfixia dentro de mi cabeza, claro, no puede volar, las aves necesitan espacios abiertos, si las encierra usted dentro de una cabeza las bisagras de las alas terminan por soldarse, ¿me comprende, coronel? Y la voz se levanta como un tremendo temporal de voces, los oídos van a estallarme, ¡no grites más, voz!, y dice cosas extrañas como que su conciencia es una llaga viva, ¿tienen conciencia las voces o es que oigo mal?

»—El bigotito le delata, Sanromán.

»Sanromán se quita el bigote de un tirón.

»—¿Sabe a quién me recuerda ahora? ¿A que no lo sabe usted, señor Sanromán?

»—Vengo a matarte.

»—Eso ya lo sabía. Podía habérselo ahorrado. Pero le advierto que le va a quedar muy mal sabor de boca. ¿No hay ninguna gaviota por aquí? Es igual. Acabará metiéndosele en el coco. Ya lo verá, señor Sanromán.

»—No soy Sanromán. Soy Papadoc y vengo a matarte. Serás el tercero hoy.

»¿El tercero? Trato de sonreír pero resulta que no sé y en lugar de poner cara simpática me sale una mueca y se me vence la cabeza sobre el pecho.

244

»—Me habría gustado hablar contigo, Josechu.

»—Pues, adelante. Venga, coronel, hable. Yo le escucho. Soy todo oídos. ¿No se dice así?

»La voz, he ajusticiado al general, yo solo, y lo he hecho para demostrarte de lo que soy capaz. Fácil. He llegado hasta su despacho, en su propia casa, y le he metido dos balas en la cabeza. Mientras lo hacía estaba pensando en ti, o sea...

»—Pues enhorabuena —le interrumpo.

»—... que lo has matado tú. Tú has sido la causa. Te lo digo para que comprendas que matamos todos. Los nombres de las víctimas y de los verdugos no cuentan. Ni el número. Asesinamos a la humanidad entera todos y cada uno de nosotros.

»Empiezo a comprender. Mi padre ha querido demostrarme que no es el gallina que yo me figuro y ha cogido a la humanidad del rabo y le ha cortado el pescuezo, ¿te acuerdas, padre?, cuando había que matar un pollo tú te escondías, siempre se te escapaba el ternero, y era madre quien le cortaba el cuello. Hasta el día que yo me animé. Fue ella quien me enseñó, no tú. Le agarras por la cabeza, de forma que aprietes el pico con la mano, así no grita y uno no se remuerde, pones el cuchillo, bien afilado, ¿eh?, tiene que estar bien afilado...

»—¡Tampoco soy tu padre! Soy Papadoc.

»Por fin mi padre me pega dos guantazos. Me arde la cara, qué fuerza, ¿eh? Y la voz, yo soy una persona lúcida, sé que desafío a la Divinidad, y me habría gustado hablarte de estas cosas,

»—¿quién te ha drogado?

»—Pues no lo sé. Estábamos todos aquí, la Gayolita...

»—Drogado o no, tengo que matarte.

»La voz se hace cálida, ¿sabes cuál es el peligro?, que le tomes gusto, la conciencia se va envenenando, ¿me comprendes?, y el alma, que se ensucia, se corrompe, y cuando esto sucede el asesino queda como tú estás ahora, drogado, no piensa más que en darle al gatillo, le persiguen imágenes antiguas, pesadillas, entonces uno piensa, ¿cómo se moriría fulano?, me asusta comprobar que el vicio se haya apoderado de mí, pero mira lo que te digo, ahora mismo, cuando todavía no he apretado el gatillo, siento una gran curiosidad por saber cómo morirás tú. Unos dan un salto, suelen ser los que están sentados, como el general Villacorta, ¡si lo hubieras visto!, otros se desploman, los hay que parece que se hacen añicos como si fueran una porcelana, otros todavía consiguen dar unos pasos, un cadáver andando, ¿lo has visto nunca? Hay otro aspecto todavía más sugestivo, el que muere asustado en el suelo, como Santamaría, lo acabo de matar, ni una hora hace, ¿sabes?, si lo hubieras visto, estaba ridículo pataleando en el aire, no lo hacía con el orgullo con que lo hace el toro apuntillado en la plaza, nada de eso, pataleaba como un pelele o como el niño que ha cogido la rabieta, un pataleo que mueve a risa, Josechu. Luego están las imágenes que se quedan grabadas. Las vísceras rotas, ¡qué formas tan extrañas! Y los colores. El verde del miedo, el amarillo de la bilis, porque los hay que se cabrean mucho a la hora de morir, el morado de los labios, eso es un corazón asustado, y es que todos los colores cambian en una fracción de segundo, y cada uno de ellos tiene un significado, por ejemplo, el morado es el miedo, lo comprendes, ¿verdad? Y está el rojo de la sangre. No toda la sangre es igual, depende del momento en que te cargues al tío y del sitio de donde salga. La sangre de la cabeza es brillante y saltarina, en cambio la del pecho es más opaca y la del vientre es una sangre que se remansa gorda y negruzca.

»Ahora recuerdo las palabras de Gayolita, es una fiera escondida detrás de los buenos modales. De repente se hace la luz en mi cerebro, ¡es Papadoc que viene a matarme! Y aprieto las piernas, aquí está el Firebird, lo siento latir entre mis genitales como si estuviera vivo. Tengo que darme prisa porque Papadoc se ha vuelto loco. Está loco. Siempre lo ha estado. Por eso en vez de dormir maquina la destrucción de los demás. De los otros y de nosotros mismos, los que integramos sus comandos. Es un pobre cerebro enfermo este Papadoc.

»—Me duele la barriga —digo. Y me aflojo el cinturón, mientras Papadoc continúa, ése es mi castigo, Dios me ha condenado en vida, ¿lo comprendes?, ha puesto en mi cerebro la droga del crimen y ya no puedo librarme de ella.

»Tengo la mano abierta sobre el vientre. Mi dedo meñique roza el elástico del slip, es cuestión de entretenerlo un poco más, será un movimiento rápido, coger el revólver y apuntar a la cabeza, me lo dijo Gayolita, la cabeza, Josechu.

»—Tu causa es sagrada —le digo.

«Se llega a un momento en que ya no hay causa. Hay curiosidad por saber cómo muere la víctima. De ver cómo muere. Verlo y, al mismo tiempo, aspirar el olor de la sangre, un tufillo que acaba por volverle loco a uno, porque la sangre huele a vida que se va. Entre el ser y el no ser no hay más que una línea difusa, una sutil frontera que ningún biólogo ha podido determinar, y esa frontera la huelo yo. Olerla nada más un instante, aspirarla, compensa todo el sufrimiento, créeme. Te lo confieso a ti porque sé que me comprendes. Eres inteligente.

»—Dame un poco de agua —le pido.

»—No.

»—¿Por qué?

»—Tratas de engañarme. No me preguntes cómo lo sé, pero estoy seguro de que tramas algo.

»—Entonces vas a matarme a sangre fría.

»—A sangre fría, sí.

»—¿No sientes miedo de Dios?

»—Eso queda para los supersticiosos. Yo tengo verdadero temor de Dios, que no es lo mismo. Y sé que me condeno. No me preguntes de qué modo porque lo ignoro. Quizá tenga que vivir eternamente las pesadillas de mis sueños. No sé si será ese mi infierno. Pero de todas formas tengo que matarte. Ahora.

»—Estoy desarmado. Enfermo.

»—Necesito ver cómo mueres. Es un poco como si viera mi propia muerte.

»Al fondo, en el pasillo, entreveo la sombra del Mostachos pegada a la pared. Ahora empuña una pistola y apunta hacia aquí.

»Oigo unos disparos.»

EPÍLOGO

LOS MEDIOS DE DIFUSIÓN calificaron el suceso
de un vulgar ajuste de cuentas. En la refriega,
el tipo agitanado murió instantáneamente de un
tiro en la cabeza. Al otro, vestido de uniforme,
lo mataron por la espalda, a traición. Sobre este
último empezó a divulgarse la leyenda de que se
trataba de una de las cabezas más buscadas de
la Organización, un hombre misteriosamente desaparecido en la frontera francesa durante el verano del setenta y seis, cuyo cadáver nunca apareció a pesar de que la muerte había sido reivindicada por comandos anti-ETA.

Pero yo sé que no existió tal ajuste de cuentas. Mostachos mató en efecto a Papadoc, la
persona a la que más quiso en su vida y a la que
sirvió con toda lealtad. Lo mató, obviamente, por
error. Nunca olvidaré su alarido de impotencia
al percatarse de lo que había hecho. Yo, que
estaba allí, pensé que iba a matarme. Pero le vi
ponerse la pistola en la sien y apretar el gatillo.
Su cuerpo tembló en el suelo como galvanizado
por una fuerte corriente eléctrica.

Debo añadir que asistí al entierro de Gayolita, descerebrada dos meses después de estos sucesos en un enfrentamiento callejero con la Guardia Civil. Estuve comiendo pipas en su honor todo el tiempo que duró el trayecto hasta el cementerio.

A Mikel, que se entregó la misma noche de los sucesos, le siguen tratando en la enfermería de la cárcel de una depresión al parecer irreversible. En cuanto a Zin, sigue mi rastro desde que abandoné la Organización y me instalé en esta aldea de pescadores, donde he escrito este relato frente al mar y entre gaviotas propicias.

Algún día nos encontraremos inevitablemente. Lo leo cada mañana, al despertar, en los ojos de Begoñita.

NOVELAS GALARDONADAS CON EL
PREMIO EDITORIAL PLANETA

1952. EN LA NOCHE NO HAY CAMINOS. *Juan José Mira*
1953. UNA CASA CON GOTERAS. *Santiago Lorén*
1954. PEQUEÑO TEATRO. *Ana María Matute*
1955. TRES PISADAS DE HOMBRE. *Antonio Prieto*
1956. EL DESCONOCIDO. *Carmen Kurtz*
1957. LA PAZ EMPIEZA NUNCA. *Emilio Romero*
1958. PASOS SIN HUELLAS. *F. Bermúdez de Castro*
1959. LA NOCHE. *Andrés Bosch*
1960. EL ATENTADO. *Tomás Salvador*
1961. LA MUJER DE OTRO. *Torcuato Luca de Tena*
1962. SE ENCIENDE Y SE APAGA UNA LUZ. *Ángel Vázquez*
1963. EL CACIQUE. *Luis Romero*
1964. LAS HOGUERAS. *Concha Alós*
1965. EQUIPAJE DE AMOR PARA LA TIERRA. *Rodrigo Rubio*
1966. A TIENTAS Y A CIEGAS. *Marta Portal Nicolás*
1967. LAS ÚLTIMAS BANDERAS. *Ángel María de Lera*
1968. CON LA NOCHE A CUESTAS. *Manuel Ferrand*
1969. EN LA VIDA DE IGNACIO MOREL. *Ramón J. Sender*
1970. LA CRUZ INVERTIDA. *Marcos Aguinis*
1971. CONDENADOS A VIVIR. *José María Gironella*
1972. LA CÁRCEL. *Jesús Zárate*
1973. AZAÑA. *Carlos Rojas*
1974. ICARIA, ICARIA... *Xavier Benguerel*
1975. LA GANGRENA. *Mercedes Salisachs*
1976. EN EL DÍA DE HOY. *Jesús Torbado*
1977. AUTOBIOGRAFÍA DE FEDERICO SÁNCHEZ. *Jorge Semprún*
1978. LA MUCHACHA DE LAS BRAGAS DE ORO. *Juan Marsé*
1979. LOS MARES DEL SUR. *Manuel Vázquez Montalbán*
1980. VOLAVÉRUNT. *Antonio Larreta*
1981. Y DIOS EN LA ÚLTIMA PLAYA. *Cristóbal Zaragoza*